फटिकचन्द

सत्यजित राय

बांग्ला से अनुवाद
मुक्ति गोस्वामी

रेमाधव पब्लिकेशन्स

ISBN : 978-81-89850-28-9

फटिकचन्द (उपन्यास)

पहला संस्करण : 2006
दूसरा संस्करण : 2023

मूल्य : ₹ 395

प्रकाशक
रेमाधव पब्लिकेशन्स प्रा. लि.
जी-17, जगतपुरी, दिल्ली-110 051
शाखाएँ : अशोक राजपथ, साइंस कॉलेज के सामने, पटना-800 006
पहली मंजिल, दरबारी बिल्डिंग, महात्मा गांधी मार्ग, प्रयागराज-211 001

वेबसाइट : www.remadhav.com
ई-मेल : contact@remadhav.com

मुद्रक
बी.के. ऑफ़सेट
नवीन शाहदरा, दिल्ली-110 032

PHATIKCHAND
Novel by Satyajit Ray
Translated by Mukti Goswami

फटिकचन्द

एक

उसने कब आँखें खोली थीं, वह नहीं जानता। आँखों से कुछ देखने से पहले ही उसने महसूस किया कि उसे ठंड लग रही थी, उसका बदन गीला था, उसकी पीठ के नीचे घास थी, और उसके सिर के नीचे कोई सख्त-सी चीज़ थी। उसके तुरन्त बाद उसने महसूस किया, उसके बदन के कई हिस्सों में दर्द था। फिर भी अपने दाहिने हाथ को उठाकर आहिस्ते से मोड़कर सिर के पीछे ले जाते ही उसका हाथ एक ठंडे पत्थर से लगा। पत्थर काफी बड़ा था। उसे हाथ से हटाना मुश्किल नहीं था। उसने सोचा, इससे बेहतर है मैं अपना सर ही क्यों न हटा लूँ? उसने वैसा ही किया। इस तरह से चित होकर लेटने में उसे थोड़ा आराम मिला।

अब उसे सामने कुछ नज़र आने लगा। इतनी देर तक उसे कुछ नज़र

नहीं आ रहा था। इसका कारण यह था कि अभी रात थी और वह खुले आसमान के नीचे लेटा हुआ था; आसमान में बादल भी घिरे थे। बादल छँटने से अब झिलमिलाते हुए सितारे नज़र आ रहे थे।

उसने अपनी हालत समझने की कोशिश की। उठने से पहले वह जानना चाहता था उसे हुआ क्या था। वह इस तरह घास पर क्यों लेटा था? उसके बदन में दर्द क्यों था? उसकी माथे की नसें अभी तक क्यों तड़क रही थीं। ये आवाज़ें कैसी थीं?

थोड़ी देर सोचते ही उसे सब याद आ गया। यह झींगुरों की आवाज़ थी। झींगुर बोल रहे थे। झींगुर चिड़ियों की तरह नहीं बोलते। वे कीड़े होते हैं। यह उसे पता था। कैसे पता था? किसने बताया था? यह उसे याद नहीं आया। उसने अपनी गर्दन घुमाई। उसका सिर झनझना उठा। खैर, झनझनाने दो। ज्यादा हिले-डुले बिना ही वह इधर-उधर देख लेगा। वह अभी इस वक्त यहाँ क्यों पड़ा था, यह जानना जरूरी है।

वे क्या थे? क्या तारे आसमान से ज़मीन पर उतर आए थे?

नहीं। याद आ गया। वे जुगनू थे। जुगनू अँधेरे में चमकता है और इधर-उधर उड़ता रहता है। जुगनू की रोशनी शीतल होती है। हाथ में लेने पर गरम नहीं लगता। यह उसे किसने बताया? याद नहीं पड़ता।

जुगनू होने का मतलब वहाँ पेड़ थे। जुगनू पेड़ों के इर्द-गिर्द उड़ते हैं। और झाड़ियों पर मँडराते हैं। उस तरफ बहुत सारे जुगनू थे। कभी नज़दीक, कभी थोड़ी दूर फिर बहुत दूर...उनका ऐसा क्रम लगा था। इसका मतलब वहाँ काफी पेड़ थे। जहाँ बहुत सारे पेड़ होते हैं, उसे क्या कहते हैं? फिलहाल याद नहीं आ रहा था।

उसने अब दूसरी तरफ़ सिर घुमाया। उसका सिर दोबारा झनझना गया।

उधर भी ढेरों पेड़ और ढेरों जुगनू थे। पेड़ों को देखकर लगता था, वे आसमान में समा गए हैं। दोनों ही इतने काले दिख रहे थे। आसमान में तारे

अपनी ज़गह पर स्थिर होकर झिलमिला रहे थे, और पेड़ों पर जुगनू।

उधर के पेड़ कुछ दूर थे क्योंकि बीच में सड़क थी। सड़क पर वह क्या था? उसे पहले तो नहीं देखा था, मगर अब नज़र आ रहा था, बिलकुल साफ दिखाई पड़ रहा था।

वह एक गाड़ी थी जो उधर खड़ी थी। नहीं, सीधी नहीं खड़ी थी। एक तरफ को झुकी हुई थी। इस गाड़ी का पीछे का हिस्सा उसकी नज़रों के सामने था।

वह किसकी गाड़ी थी? क्या वह भी उसी गाड़ी में था? क्या वे कहीं जा रहे थे? वह नहीं जानता, उसे कुछ याद नहीं आ रहा था।

उस गाड़ी को देखकर न जाने क्यों उसे डर लगने लगा। उसे और गाड़ी को छोड़कर वहाँ और कोई नहीं था। कोई आदमी नहीं। वहाँ वह

अकेला व्यक्ति था। और गाड़ी कुछ टेढ़ी होकर उसकी तरफ पीठ करके खड़ी थी।

वह जानता था, उठने से दर्द होगा। फिर भी वह उठा। उठते ही वह गिर पड़ा। दुबारा किसी तरह उठकर उस पेड़ के पास गाड़ी की विपरीत दिशा में चला गया।

यह जंगल है। इसे जंगल कहते हैं। उसे याद आ गया था। अभी भी रात थी। अभी भी अँधेरा छाया था। फिर भी वह समझ रहा था कि यह जंगल है। अब उसे हल्का-हल्का दिख रहा था। इसका मतलब तारों की रोशनी में भी हल्का-हल्का नज़र आ रहा था। चाँद की रोशनी में थोड़ा साफ़ दिखता है। और सूरज की रोशनी में बिल्कुल साफ़ दिखता है।

वह तीन पेड़ों को पार करके चौथे पेड़ के पास आकर रुक गया। उसके सामने केवल पेड़ नहीं और भी कुछ था। थोड़ी दूर पर उस पेड़ के तने के पीछे छिपकर उसने अच्छी तरह झाँककर देखा।

उधर जानवरों का एक झुंड था। वे एकसाथ चल रहे थे। उनके चलने की आवाज़ आ रही थी। झींगुरों की आवाज़ थोड़ी कम हो गई थी इसलिए पैरों की आवाज़ अब साफ सुनाई पड़ रही थी। उनके माथे पर सींग थे—इसके-उसके, सभी के। उन्हें हिरण कहते हैं। यह भी उसे याद था।

एक हिरण अचानक सिर उठाकर खड़ा हो गया। बाकी दूसरे भी खड़े हो गए। वे कुछ सुनने की कोशिश कर रहे थे।

अचानक वे सभी भागने लगे। छलाँग लगाकर भागे। अभी-अभी यहीं थे, अब सब गायब हो गए थे। एकसाथ सब।

गाड़ी इधर ही आ रही थी। अब उसे बहुत कुछ दिख रहा था। पीछे का आसमान अब पहले के तरह काला नहीं रह गया था। पेड़ों की फुनगियाँ भी अलग से दिख रही थीं। तारों की चमक भी फ़ीकी पड़ गई थी।

वह फिर पीछे मुड़ गया। अब शायद वह गाड़ी नज़र आ जाएगी। वह

सड़क की तरफ जाने लगा, लेकिन तेज़ नहीं चल पा रहा था। उसके पैरों में काफी दर्द था। लँगड़ाकर चलना पड़ रहा था।

गाड़ी बिना रुके आगे बढ़ गई। वह कोई ट्रक था। हरे रंग का ट्रक। उसमें माल भरा हुआ था। तिरछी पड़ी हुई गाड़ी के पास आकर उसकी चाल धीमी हुई थी, लेकिन रुकी नहीं।

अपने पैरों को घसीटते हुए वह फिर सड़क पर पहुँच गया। अब उज़ाला हो गया था, इसलिए गाड़ी उसे साफ नज़र आ गई। गाड़ी के सामने का हिस्सा मुड़-तुड़कर सिकुड़ गया था। गाड़ी का ढक्कन आधा खुलकर टेढ़ा होकर टूटा पड़ा था। सामने का दरवाज़ा खुला हुआ था जिसमें से किसी आदमी के सिर के बाल नज़र आ रहे थे। वह आदमी चित पड़ा था। उसके सिर का कुछ हिस्सा खुले दरवाज़े से बाहर निकला हुआ था। सिर के नीचे की सड़क गीली हो गई थी।

गाड़ी के पीछे की सीट पर भी एक आदमी था। खिड़की से उसके केवल घुटने दिख रहे थे। उसके पैंट का रंग काला था। इस गाड़ी का रंग हल्का नीला था। गाड़ी के चारों तरफ काफी जगह घेरकर काँच के टुकड़े बिखरे पड़े थे। काँच के टुकड़ों पर आसमान के टुकड़े नज़र आ रहे थे। आसमान में अब उज़ाला छा गया था।

झींगुरों की बोली अब नहीं सुनाई पड़ रही थी। एक चिड़िया की आवाज़ सुनाई पड़ी। ऐसी ही आवाज़ तीन बार आई। पतली सीटी जैसी वह आवाज़ थी।

इस गाड़ी को देखकर वह फिर आतंकित हो गया। बिखरे काँच और लाल रंग के कारण यह आतंक था। इसके अलावा लाल रंग और कहीं नहीं था। नहीं, नहीं और भी कुछ जगहों पर था। उसकी कमीज़ पर था। हाथ पर और मोजे पर था। अब वह यहाँ नहीं रुकेगा। एक टेढ़ी-मेढ़ी सड़क थी। आगे दूर कहीं जाकर यह जंगल खत्म हो गया था क्योंकि उस तरफ का हिस्सा काफी खुला नज़र आ रहा था।

जिस तरफ जंगल खत्म हो रहा था, वह उस तरफ जाने लगा। हाँ, वह जा सकता था। अब वह समझ गया था, वह बहुत ज्यादा ज़ख्मी नहीं हुआ है। ज़ख्मी हुए थे वे दो आदमी। या शायद वे मर गए थे। उसके अपने सर का दर्द अगर कम हो जाए, कोहनी का ज़ख्म अगर ठीक हो जाए, और अगर उसे लँगड़ाकर न चलना पड़े तो कोई अगर उससे पूछे—'कहो कैसे हो?' तो वह कह सकता है—'मजे में हूँ।'

लेकिन आश्चर्य की बात है, उसे कुछ याद नहीं आ रहा था। यह बात उसकी समझ में नहीं आ रही थी। आज अभी कुछ देर पहले, तारे देखने से पहले की एक भी बात उसे याद नहीं थी। यहाँ तक कि उसे अपना नाम भी याद नहीं था। वह केवल यही जानता था कि उधर एक टूटी गाड़ी पड़ी है, उसके अन्दर दो आदमी पड़े हुए हैं जो हिल-डुल नहीं रहे थे। वह जानता था यह सड़क है, वह घास है, वे सारे पेड़ हैं, सिर के ऊपर आसमान है, जिसका एक हिस्सा लाल है, यानी सूर्योदय होनेवाला है। इसका मतलब यह सुबह का वक्त था।

वह चला जा रहा था, चिड़ियाँ बहुत तेज़ चहक रही थीं। अब पेड़ पहचाने जा रहे थे—वह बरगद का पेड़ था, वह आम का पेड़, वह सेमल। उधर कौन-सा पेड़ था? अमरूद का न? हाँ, अमरूद लगे हुए भी थे।

अमरूद का पेड़ पहचान लेने के बाद उसे भूख लगने लगी। वह सड़क से उतरकर अमरूद के पेड़ की ओर चला गया, गनीमत है, वे अमरूद ही थे आम नहीं! आम के पेड़ में आम लगे थे। उसे पता था कि उसके बदन में दर्द है, वह पेड़ पर नहीं चढ़ सकता। अमरूद उसकी पहुँच में थे। उसने खाने के लिए दो अमरूद तोड़ लिए।

जंगल के बाहर वह सड़क एक चौड़ी सड़क से मिल गई थी। अब वह किधर जाए उसे नहीं पता था। आखिर बिना कुछ सोचे-समझे वह दाहिनी तरफ मुड़कर कुछ दूर जाने के बाद हिम्मत हारकर एक अपरिचित पेड़ के नीचे बैठ गया। पेड़ के तने पर सफेद-काले ज़ेबरा निशान बने थे।

केवल इसी पेड़ के तने पर ही नहीं, सड़क के किनारे दोनों तरफ दूर-दूर तक जितने भी पेड़ थे, उन सभी पर इस तरह के निशान बने हुए थे। किसने बनाए थे ये सफेद-काले ज़ेबरा निशान? क्यों बनाए थे? काफी सोचने पर भी उसे यह बात समझ में नहीं आई।

वह अब और सोचना नहीं चाहता था। उसका सर फिर से झनझना रहा था। साथ ही उसे महसूस होने लगा था कि उसकी नाक सिकुड़ रही है। उसके बाद ही उसकी आँखों के सामने से पेड़, सड़क, सफेद-काले, पीले-हरे सब कुछ गड्डमड्ड होकर ओझल हो गए।

दो

उसके सामने एक आदमी का सिर हिल रहा था। एक दाढ़ीवाला तथा पगड़ीवाला सिर। नहीं कोई आदमी नहीं हिल रहा था, असल में वही खुद हिल रहा था। वह आदमी उसे ही पकड़कर हिला रहा था।

"दूध पी लो बेटा! गरम दूध।"

उस आदमी के हाथ में पकड़े दूध के गिलास से हल्की-हल्की भाप निकल रही थी।

अब वह समझ गया। वह एक ट्रक पर लेटा था। इस ट्रक में सामान लदा था। माल के एक किनारे जिधर ट्रक का पल्ला था वहाँ थोड़ी-सी जगह पर एक चादर पर वह लेटा था। उसके बदन पर भी एक चादर पड़ी थी।

उसके सिर के नीचे कपड़ों की एक पोटली दबी थी।

उस आदमी के हाथ से गिलास लेकर वह उठकर बैठ गया। लॉरी की तरफ सड़क थी, दूसरी तरफ एक ढाबा था। दुकान के सामने कई बेंच बिछे थे। उनपर तीन आदमी बैठकर चाय पी रहे थे। सड़क के दोनों ओर भी दुकानें थीं। उनमें से एक में शायद गाड़ी मरम्मत करने का काम होता था। वहाँ से ठक-ठक करके गाड़ी मरम्मत करने की आवाज़ आ रही थी। दुकान के सामने एक काली गाड़ी खड़ी थी। उसके पास खड़े होकर एक शर्ट-पैंटधारी व्यक्ति रूमाल से चश्मे का काँच साफ कर रहा था।

पगड़ीवाला आदमी दुकान की तरफ चला गया था, फिर वापस उसके पास आ गया। उसके साथ की बेंच पर बैठे आदमी भी चले आए थे।

"क्या नाम है तुम्हारा?" पगड़ीवाले व्यक्ति ने पूछा। वह उस दूध के गिलास को अभी तक वैसे ही पकड़े हुए था। उसने आधा दूध पी लिया था। दूध बड़ा स्वादिष्ट था, पीने में अच्छा लग रहा था।

उसने कहा, "पता नहीं।"

"क्या पता नहीं?" उसने हिन्दी-मिश्रित बांग्ला में पूछा, "तुम बंगाली आछे?"

उसने सिर हिलाकर हाँ कहा, "बंगाली ही हूँ। इतनी देर तक जो कुछ सोच रहा था, सब बांग्ला में ही था।"

"तुम्हारा घर कहाँ है? तुम्हें इतनी चोट कैसी लगी? साथ में और लोग भी थे? वे सब कहाँ गए?"

"मुझे कुछ याद नहीं।"

"क्या बात है? यह लड़का कौन है?"

उस काले रंगवाली गाड़ी का आदमी ट्रक के पास चला आया। उसके

सिर के ज्यादातर बाल झड़ चुके थे, लेकिन उसकी उम्र ज्यादा नहीं थी। वह आदमी भौंहें सिकोड़कर एकटक उसे ही देख रहा था। उस पगड़ीवाले ने उसे हिन्दी में सब समझा दिया। बड़े सहज रूप में। सड़क के किनारे यह बेहोश पड़ा था। यह देखकर उसे अपने ट्रक में वह लाद लाया है। परिचय मिलने से अगर पता चले कि वह कोलकाता का लड़का है तो वह अपने साथ ले जाकर उसे घर पहुँचा देगा।

वे बंगाली सज्जन अब और नज़दीक आ गए थे।

"तुम्हारा नाम क्या है?"

अपना नाम भूल जाने से उसे खुद बहुत परेशानी हो रही थी। उसे फिर 'मुझे याद नहीं' कहना पड़ा। यह सुनकर वह पगड़ीवाला व्यक्ति ठठाकर हँसने लगा।

"यह 'जानी ना' (नहीं जानता) के अलावा और कुछ बोलता ही नहीं।"

"जानी ना, का मतलब क्या है? इसे भी भूल गए हो?"

"हाँ।"

उस व्यक्ति ने उसकी कुहनी के ज़ख्म की ओर देखा।

"और कहाँ-कहाँ चोट लगी है?"

उसने अपने घुटने की खरोंच दिखलाई।

"सिर में भी चोट आई है?"

"हाँ।"

"देखूँ! जरा सिर झुकाओ।"

उसके सिर झुकाने के बाद उस व्यक्ति ने उस सूजी हुई ज़गह को ठीक से देखा, हाथ लगाने से वह दर्द से चिहुँक गया।

"शायद थोड़ा कट भी गया है। लगता है बालों में खून जम गया है...

तुम ट्रक से उतर सकोगे? जरा कोशिश करो, इधर आ जाओ।"

उसने अपने हाथ का गिलास पगड़ीवाले सज्जन को पकड़ा दिया और पैर लटकाकर उसके हाथ बढ़ाते ही उस व्यक्ति ने बड़ी सतर्कता से बिना चोट पहुँचाए उसे उतार लिया। और उसके बाद उस पगड़ीवाले व्यक्ति को आश्वस्त कर दिया। खड़गपुर यहाँ से केवल तीस मील दूर था। वहाँ किसी डिस्पेन्सरी में जाकर मरहम-पट्टी करवाकर उसे अपने साथ सीधे कोलकाता ले जाएँगे।

"सीधे थाने में जाइए!" पगड़ीवाले ने कहा, "मुझे कुछ गड़बड़ लगता है।"

थाना किसे कहते हैं यह समझने में उसे थोड़ा वक्त लगा था। उसके बाद 'पुलिस' का नाम सुनते ही उसका दिल धड़कने लगा था। पुलिस तो चोरों को पकड़ती है। उसे सजा देती है, उसने कोई चोरी भी की थी यह उसे याद नहीं था।

वे सज्जन खुद ही गाड़ी चलाते थे। उन्होंने उसे सामने की तरफ अपने पास बिठा लिया। गाड़ी चलने के थोड़े समय बाद ही दुकान, मकान सब पीछे छूट गए। गाड़ी खुले मैदानों से होकर दौड़ने लगी थी। वे सज्जन रह-रहकर उसे देख लेते थे, इसे वह महसूस कर रहा था। थोड़ी देर बाद उन्होंने फिर सवाल करना शुरू कर दिया—

"तुम कोलकाता में रहते हो?"

इस बार भी उसने वही ज़वाब दिया—"पता नहीं।"

"तुम्हें अपने माता-पिता, भाई-बहन किसी की याद नहीं आ रही है।"

"नहीं।"

इसके बाद उसने खुद ही कल रात की पूरी घटना बता दी। उस टूटी कार के बारे में बताया, उन दो आदमियों के बारे में भी।

"गाड़ी का नम्बर देखा था?" उन्होंने पूछा।

"नहीं।"

"उन आदमियों का हुलिया याद है? मतलब वे लोग देखने में कैसे थे?"

उसको जितना याद था उसने बताया। बाकी समय वे सज्जन भौंहें सिकोड़कर गाड़ी चलाते रहे। उन्होंने फिर कुछ नहीं पूछा।

अभी दो बज रहे थे। उस सज्जन की कलाई घड़ी देखकर वह जान गया था। एक बार उसने सोचा कि वह उस व्यक्ति से कहे कि उसे भूख लगी थी। केवल दो अमरूदों और एक गिलास दूध से उसका पेट नहीं भरा था, लेकिन उसे कहने की जरूरत नहीं पड़ी। सड़क के किनारे जहाँ 'खड़गपुर 12 किलोमीटर' लिखा पत्थर लगा था, उसके पास ही एक पेड़ की छाँव में गाड़ी खड़ी करके उन्होंने एक सफेद कागज का पैकेट खोलकर उसमें से पूड़ी और आलू की सब्जी निकालकर उसे खाने के लिए दी और खुद भी ली। सफेद गोल चिपटी-सी वह चीज़ पूरी थी, यह कोशिश करने पर भी उसे याद नहीं आया। आखिरकार आसमान में एकसाथ ढेर सारी चिड़ियों को उड़ते देखकर 'चील' का नाम ध्यान में आते ही, उसे याद आ गया कि वह जो खा रहा था, वह पूड़ी थी।

पत्थर के माइलस्टोन का नम्बर कम होते-होते दो पर आ जाने के बाद खड़गपुर शहर दिखने लगा था।

उस व्यक्ति ने पूछा, "पहले कभी खड़गपुर आए हो?"

उसे खड़गपुर का नाम ही याद नहीं था, तो फिर वहाँ आया था या नहीं कैसे जान सकता था? शहर को देखकर उसे लगा, नहीं, वह पहले यहाँ कभी नहीं आया था। उस व्यक्ति ने उसे बताया—"यहाँ एक बड़ा कॉलेज है, वह आई.आई.टी. कहलाता है।"

आई.आई.टी. नाम उसके दिमाग में कुछ देर तक घूमता रहा। फिर शहर की चहल-पहल बढ़ जाने से खो गया।

एक चौराहे पर खड़े पुलिसवाले को देखकर उसका दिल फिर

धड़क उठा और उसके मुँह से निकला—"मुझे पुलिसवाले अच्छे नहीं लगते हैं।"

वह सज्जन सड़क की तरफ देखते हुए बोले, "पुलिस को तो ख़बर करनी ही होगी। मगर तुम चिन्ता मत करो। तुम अच्छे घर के लड़के हो, यह तुम्हारी शक्ल-सूरत से पता चलता है। तुम्हारे माता-पिता तो हैं ही, हालाँकि तुम उन्हें भूल गए हो लेकिन वे तो तुम्हें नहीं भूले हैं। तुम कौन हो, इसका पता लगाने के लिए हमें पुलिस की मदद लेनी पड़ेगी। और वे ही तुम्हें तुम्हारे घर तक पहुँचा सकते हैं। पुलिस के लोग खराब नहीं होते हैं। पुलिस काफी अच्छे काम भी करती है।"

शंकर फार्मेसी के डॉक्टर ने उसके ज़ख्मों पर मलहम लगाया। उसके सिर पर बर्फ घिसी, उसकी कुहनी के ज़ख्म पर पट्टी लगाई। अब जो सज्जन उसे साथ लेकर आए थे, उन्होंने डॉक्टर से पूछा, "आपके यहाँ का थाना किधर है?"

डॉक्टर कुछ कहते इसके पहले ही उसने कहा, "मुझे बाथरूम जाना है।"

"आओ मेरे साथ!" कहकर डॉक्टर कुर्सी से उठ खड़े हुए।

दवाख़ााने के पीछे के दरवाज़े से निकलने पर सामने एक बरामदा नज़र आया। उसी बरामदे के दूसरे छोर पर एक दरवाज़े की ओर डॉक्टर साहब ने इशारा किया।

दरवाज़ा खोलकर अन्दर जाने के बाद उसने चिटखनी लगा दी। उसके बाद लघुशंका करके वह दूसरे बन्द दरवाज़े को खोलकर बाहर निकल गया।

उस तरफ एक गली थी। दाहिने ओर जाने पर एक बड़ी सड़क थी। मतलब पकड़े जाने का ख़ातरा था। उसे जाना कहाँ था, यह भले ही न जानता हो पर पुलिस के पास नहीं, इतना तय था। इससे वह खुश था। उसकी कुहनी पर पट्टी बँधी थी। उसके कपड़े गन्दे थे, जिस पर

खून के निशान थे। वह चलते हुए लँगड़ा रहा था—इन सबके कारण ही शायद सड़क पर आने-जानेवाले कुछ लोग गर्दन घुमाकर उसे देख रहे थे, लेकिन उससे किसी ने कुछ नहीं कहा।

वह आगे बढ़ने लगा। ट्रेन की सीटी सुनाई दे रही थी।

गली खत्म होते ही सामने एक बड़ी सड़क मिली। इस सड़क पर आने-जानेवालों की भीड़ थी, सभी व्यस्त थे। कोई उसकी तरफ नहीं देख रहा था। बाईं तरफ लोहे की रेलिंग के दूसरी तरफ रेल की पटरी थी। अगल-बगल कई लाइनें थीं, उनमें से एक लाइन पर एक मालगाड़ी खड़ी थी। इंजन की तेज़ सीटी की आवाज़ आ रही थी। वह आवाज़ बहुत नज़दीक से आ रही थी। सामने लाइन के किनारे एक लोहे का डण्डा था। उस डण्डे पर बहुत सारे छोटे-छोटे, आड़े-तिरछे डण्डे लगे थे। उन पर, लाल-हरी गोल-गोल बत्तियाँ थीं। उन्हें क्या कहते हैं, इस वक्त उसे याद नहीं आया।

सामने ही स्टेशन नजर आया। काफी बड़ा स्टेशन। वहाँ एक ट्रेन खड़ी थी। उसके सामने प्लेटफार्म पर लोगों की भीड़ थी।

वह लँगड़ाते हुए प्लेटफार्म पर पहुँच गया। ट्रेन सामने ही खड़ी थी। इंजन की सीटी बजी। उसके भीतर से बार-बार आवाज़ आने लगी—'तुम्हें भी इस ट्रेन में चढ़ना है। यही मौका है। फटाफट चढ़ जाओ।'

उसके आगे-पीछे, दाहिने-बाएँ चारों तरफ लोग हड़बड़ी में भाग रहे थे। पीछे से एक गठरी के धक्के से वह गिरते-गिरते बचा। किसी तरह उसने अपने को सँभालकर आगे बढ़ते ही देखा, गाड़ी चलने लगी थी। ट्रेन के डिब्बे उसके सामने से सरकने लगे थे। उसे चिन्ता हुई, अगर दरवाज़ा खुला न मिले तो वह चढ़ेगा कैसे?

उसे एक दरवाज़ा खुला नजर आया। क्या वह चढ़ पाएगा? फिलहाल तो न उसके हाथों में वैसी ताकत थी न पैरों में। फिर भी उसका दिल कह रहा था यही मौका है, मत चूको।

वह आगे बढ़ गया। अपना हाथ बढ़ा दिया। सामने एक दरवाज़ा आया। इसी के साथ भागना होगा। इसके बाद हैण्डिल पकड़कर छलाँग लगानी पड़ेगी। कहीं पैर फिसला तो वह सीधे एकदम...।

उसके पैर अब ज़मीन पर नहीं थे। नहीं, पैर नहीं फिसले थे। तभी फुर्ती से डिब्बे के अन्दर से एक हाथ बाहर निकला और उसे कमर से जकड़कर अन्दर खींच लिया। साथ ही उसे डाँट भी सुनने को मिली—"तमाशा कर रहे थे? मारूँ तुम्हारे लँगड़े पैर पर एक डण्डा?"

तीन

वह अब बर्थ पर बैठकर हाँफ रहा था। उसकी साँस इतनी जोर से चल रही थी कि उससे बात करते नहीं बन रहा था। वह उस व्यक्ति की तरफ एकटक देख रहा था। उसे डाँटनेवाले व्यक्ति के चेहरे से नहीं लग रहा था कि वह बहुत ज्यादा नाराज़ है या वह पहले नाराज़ रहा होगा, अब उसे अच्छी तरह देखकर उसका गुस्सा ठंडा हो गया होगा। अब उसके चेहरे पर चतुराई की हँसी थी। उसके खुले हुए होंठों के बीच उसके दाँतों पर पड़ने वाली धूप से उसकी हँसी और खिल रही थी। उसे देखकर लग रहा था उसके दिमाग़ में अनगिनत चतुराई की बातें घूम रही थीं, जिनके सहारे वह पूरी ज़िन्दगी काट सकता था।

उस डिब्बे में और भी लोग थे, लेकिन उसके बर्थ पर केवल वे दोनों ही बैठे थे। उनके सामने की बर्थ पर तीन बूढ़े व्यक्ति एकसाथ बैठे हुए थे।

उनमें से एक सज्जन सो रहे थे। एक बुज़ुर्ग ने अभी-अभी एक चुटकी काले रंग का चूर्ण नाक के आगे लेकर अपना हाथ झटककर साँस अन्दर खींची। तीसरे बुज़ुर्ग बैठे अखाबार पढ़ रहे थे। ट्रेन जितनी जोर से हिल रही थी, उन्हें अपने अखाबार को और कसकर पकड़कर आँखों के सामने रखना पड़ रहा था।

"अब ज़रा बताओ, तो मुन्ना, तुम्हारा इरादा क्या है?"

उसकी आवाज़ गम्भीर थी, लेकिन उसके चेहरे पर अभी भी मुस्कराहट बनी हुई थी। वह इस तरह उसकी तरफ देख रहा था जैसे वह अपनी नज़रों से ही उसके मन की सारी बातें उगलवा लेगा।

वह चुप था। उसका इरादा तो पुलिस से दूर भागना था। लेकिन यह बात वह उसे बता नहीं पाया।

"पुलिस?" उसके मन की बात भाँपकर उसने झट से पूछा।

"चावल की तस्करी का चक्कर है क्या?" उस आदमी ने फिर पूछा। इसे लेकर उसने एक-के-बाद एक तीन सवाल पूछ लिए, जिनमें से एक का भी ज़वाब उसके पास नहीं था।

"तुम तो भले घर के लड़के हो। चावल की थैली कन्धे पर लादकर भागने की हिम्मत तुममें नहीं है।"

वह अभी भी चुप था। वह आदमी अभी भी उसी तरह उसे देख रहा था।

"अब क्या ज़वाब के लिए पेट पर घूँसा मारना होगा?" उसने कहा। फिर उसके नज़दीक आकर अपनी आवाज़ धीमी करके कहा, "मुझसे कहने में क्या झिझक है? मैं किसी को नहीं बताऊँगा। मैं भी तुम्हारी तरह घर से भागा हुआ आदमी हूँ।"

वह समझ रहा था कि अब वह आदमी उसका नाम जानना चाहेगा, इसलिए उसने ही पहले उसका नाम पूछ लिया। उसने कहा, "मेरे नाम को छोड़ो, पहले तुम अपना नाम बताओ।"

बार-बार इनकार करना उसे बिलकुल अच्छा नहीं लग रहा था।

खड़गपुर के दवाख़ाने की उल्टी तरफ वाली दुकान के दरवाज़े पर उसने अभी कुछ देर पहले एक नाम देखा था। सफेद टिन के बोर्ड पर काले अक्षरों में लिखा था—'महामाया स्टोर्स।' उसके नीचे लिखा था—प्रो. फटिकचन्द्र पाल। वही नाम उसने झट से दोहरा दिया—'फटिक।'

"घर का नाम या स्कूल का नाम?"

"स्कूल का नाम।"

"तुम्हारी पदवी क्या है?"

"पदवी?"

पदवी शब्द का अर्थ समझने के लिए उसे कुछ देर तक अपने दिमाग को टटोलना पड़ा था।

"पदवी नहीं समझते?" उस आदमी ने कहा, "लगता है तुम साहबों के स्कूल में पढ़ते हो। सरनेम समझते हो? सरनेम!"

यह चीज़ उसके लिए और भी अनजानी थी।

"नाम के अन्त में जो लगता है।" उस व्यक्ति ने जैसे डाँटते हुए कहा, "जैसे रवि के अन्त में ठाकुर।...तुम सच में बेवकूफ हो या बेवकूफी का नाटक कर रहे हो, मुझे इसका पता लगाना होगा।"

'नाम के अन्त में'—इतना कहते ही वह समझ गया था। उसने कहा, 'पाल।' "मेरी पदवी पाल है और बीच में चन्द्र। फटिकचन्द्र पाल।"

वह आदमी कुछ देर तक उसकी तरफ देखता रहा फिर अपना दाहिना हाथ बढ़ाकर बोला, "जो व्यक्ति धड़ाक से अपना नाम बनाकर बता सकता है, वह भी आर्टिस्ट होता है। आओ फटिकचन्द पाल, हारून से हाथ मिलाओ। मेरा नाम है—हारून बीच में अल अन्त में रसीद। बगदाद का खलीफा, जगलरी का बादशाह।"

उसने अपना हाथ जरूर आगे बढ़ा दिया था लेकिन उस व्यक्ति ने उसके बनावटी नाम पर यकीन नहीं किया, इस बात पर उसे गुस्सा आ गया।

"तुम जिस खानदान के लड़के हो उस खानदान से फटिक जैसा नाम सिराजुद्दौला के ज़माने में ही खत्म हो गया है। ज़रा तुम्हारी हथेली देखूँ।"

वह कुछ कहता, उससे पहले ही उस आदमी ने उसका दाहिना हाथ अपने हाथ में लेकर उसकी हथेली देखते हुए कहा, "हूँ...कभी बस का रॉड पकड़कर लटकना नहीं पड़ा। तुम्हारे शर्ट की कीमत कम से कम फोर्टी फाइव चिप्स...टेरीकॉट की पैंट, नो ताबीज़। आखिरी टीका पक गया था क्या? हूँ...सैलून में छाँटे गए बाल, बहुत ज्यादा दिन नहीं हुए...पार्कस्ट्रीट का कोई सैलून है, ऐसा ही लग रहा है!..."

वह उसी को गौर से देख रहा था। शायद चाहता था वह कुछ कहे। उसने विवश होकर कहा, "मुझे कुछ याद नहीं है।"

उस आदमी की आँखें अचानक सिकुड़ गईं।

"बगदाद के खलीफा से चालाकी मत करना भैया! तुम्हारी चालाकी मेरे साथ नहीं चलेगी। वैसे तुम हो बहुत चालू चीज़। साहबी स्कूल की तुम्हारी तालीम है। सब समझता हूँ। गलत संगत में पड़कर बाप के चंगुल से छिटककर भाग आए हो, मैं क्या नहीं समझता हूँ? कुहनी में चोट कैसे लगी? सिर में गूमड़ा कैसे निकल आया है? लँगड़ा क्यों रहे हो? कहना है साफ-साफ कहो, नहीं तो जकपुर में गाड़ी रुकने पर धक्के मारकर उतार दूँगा। अब फटाफट सब उगल डालो।"

उसने बता दिया। सब कुछ। उसे लगा इस आदमी को सब बताया जा सकता है। यह आदमी उसका नुकसान नहीं करेगा। वह उसे पुलिस को नहीं पकड़वाएगा। उसने आसमान में तारे देखने के बाद से लेकर बाथरूम के पीछे के दरवाज़े से भागने तक की पूरी दास्तान सुना दी।

उस आदमी ने पूरी घटना सुनने के बाद कुछ देर तक खामोश रहकर चलती हुई ट्रेन की खिड़की से बाहर खुले मैदान की तरफ देखकर कुछ सोचा, फिर गर्दन हिलाकर बोला, "तब तो तुम्हें कोलकाता में रहने की

किसी जगह की जरूरत पड़ेगी। मैं जहाँ रहता हूँ, वहाँ तुम रह नहीं पाओगे।"

"तुम कोलकाता के रहनेवाले हो?"

"पहले रहता था। अब फिर से रहूँगा। एण्टाली में मेरा एक डेरा है। कभी-कभार अपना बक्सा लेकर यहाँ-वहाँ निकल पड़ता हूँ। रथ यात्रा, चड़क के मेले, शिवरात्रि के मेले में चला जाता हूँ। शादी-ब्याह में भी 'टाइम टु टाइम' बयाना मिल जाता है। अभी मैं कोयम्बटूर से लौट रहा हूँ। पता है, कहाँ है? मद्रास में। तीन हफ्ता केवल इडली-दोसा। एक सर्कस कम्पनी से बात कर आया हूँ। वेंकटेश झूले का खेल ग्रेट डायमंड में दिखाता है। मेरे साथ उसकी दोस्ती हो गई है। उसने कहा है चांस मिलते ही सर्कस में चान्स दिलाएगा। फिलहाल कोलकाता जा रहा हूँ। शहीद मीनार के नीचे घास पर थोड़ी-सी जगह, बस।"

"तुम घास पर रहोगे?" उसने पूछा।

वह आदमी बोला, "रहूँगा नहीं, खेल दिखाऊँगा। वह बर्थ के नीचे जो बक्स देख रहे हो, उसमें मेरा खेल का सामान है। जगलिंग का खेल। उसकी एक भी चीज़ मेरी खरीदी हुई नहीं है। सब उस्ताद के दिए हुए हैं।" उस्ताद शब्द बोलते ही उसने तीन बार माथे को हाथ से छुआ—"उन्होंने तिहत्तर साल की उम्र तक खेल दिखाया था। उस उम्र में भी दो हिस्सों में सँवारी दाढ़ी के आधे बाल काले थे। एक दिन नमाज़ पढ़ने की मुद्रा में बैठकर ऊपर आसमान में लट्टू उछाल दिया। फिर हथेली फैलाई थी उसे पकड़ने के लिए—अचानक देखा उस्ताद हाथ खींचकर दोनों हाथों से अपना सीना दबाकर आगे झुक गए। आसमान से लट्टू आकर उस्ताद की पीठ के बीच उनकी रीढ़ के ऊपर गिरकर घूमने लगा था। दर्शक ताली बजा रहे थे, सोच रहे थे, शायद यह कोई नया खेल है—लेकिन उस्ताद फिर सीधे नहीं हो पाए।"

वह आदमी कुछ समय तक चुपचाप खिड़की से बाहर देखता रहा। शायद उस्ताद की यादों में खो गया होगा। उसके बाद बोला, "उपेनदा से

कहकर देखूँगा, अगर तेरा भी कोई 'हिल्ले' कर दें। लेकिन तेरे पीछे पुलिस लग जाएगी, कहे देता हूँ।"

उसका चेहरा फिर उतर गया। उस आदमी ने कहा, "नियम के मुताबिक उचित तो यही होगा कि मैं तुम्हें पुलिस को सौंप दूँ।"

"नहीं, नहीं।" उसने ज़ोर से कहा।

"डरो मत।" उसने हँसते हुए कहा, "कलाकारों के नियम कुछ अलग होते हैं। अगर मैंने भी शुरू से नियम माने होते तो आज इस तरह तीसरे दर्जे में बैठकर गप्पें लड़ाता नहीं होता। नियम मानता तो आफिस बन्द होने के बाद अरुण मुस्तफी शायद फियेट गाड़ी चलाकर बी.बी.डी. बाग से बालीगंज लौटता होता।"

एक नाम उसके दिमाग में घूम रहा था। उसने पूछा, "उपेनदा कौन हैं?"

उसने कहा, "उपेनदा यानी उपेन गुईं। बेण्टिंग स्ट्रीट में एक चाय की दुकान चलाते हैं।"

" 'हिल्ले' किसे कहते हैं?"

"हिल्ले यानी जुगाड़। तुमने वाकई साहबी स्कूल में पढ़ाई की है।"

चार

दारोगा दिनेश चन्द एक बार फिर अपना रूमाल निकालकर माथे का पसीना पोंछकर हँसने की कोशिश करते हुए बोले, "आप इतना परेशान मत होइए सर! हमलोग तो पता लगाने की कोशिश कर ही रहे हैं। हमलोग..."

"खाक कर रहे हो।" मिस्टर सान्याल बिगड़ते हुए बोले, "मेरा बेटा किस हाल में है, आपलोग इतना भी नहीं पता लगा पाए।

"अब आप ज़रा चुप रहिए, मुझे बोलने दीजिए। मैं आप लोगों की ही बात कर रहा हूँ। चार आदमी थे, ए गैंग आफ फोर ने बाबलू को किडनैप किया। वे नीले रंग की एक चोरी की एम्बेसेडर कार से उसे लेकर घाटशिला पार करके सिंहभूम की ओर जा रहे थे।"

"यस सर!"

"यस सर, यस सर करने की जरूरत नहीं है, मुझे कहने दीजिए। रास्ते में एक ट्रक उनकी कार में टक्कर मारकर भाग गया। आधी रात का वक्त था। उस ट्रक को बाद में आप लोगों ने पकड़ लिया है।"

"यस!" दारोगा साहब ने सर के पहले ब्रेक लगाकर किसी तरह अपने को सँभाल लिया।

"उस दुर्घटना में दो आदमी मारे गए हैं उन चारों में से दो लोग।"

"बंकू घोष और नारायण कर्मकार।"

"लेकिन गिरोह का मुखिया तो जिन्दा है।"

"जी हाँ।"

"उसका नाम क्या है?"

"उसके असली नाम का पता नहीं चल पाया है।"

"बहुत खूब—किस नाम से जानते हैं उसे?"

"सैमसन।"

"और दूसरा नाम?"

"रघुनाथ।"

"यह भी छद्म नाम है?"

"हो सकता है।"

"खैर, आपका कहना है...सैमसन और रघुनाथ जिन्दा हैं।...दुर्घटना के बाद वे दोनों भाग गए थे। और आपका कहना है बाबलू छिटककर गाड़ी से बाहर गिर पड़ा था।"

"जी हाँ, दस-बारह साल के लड़के के नाप के एक जूते के सोल का एक टुकड़ा गाड़ी से सात-आठ हाथ की दूरी पर पड़ा मिला था। सड़क का एक किनारा जो जंगल की तरफ है, उधर ढलान है। उसी ढलान के नीचे की ओर। इसके अलावा उसके आसपास खून के निशान भी मिले थे। वहीं कैडबरीज चॉकलेट का नया पैकेट भी पड़ा था।"

"लेकिन वह नहीं मिला।"

"नहीं सर!"

"जंगल के भीतर सर्च किया था या शेर के डर से छोड़ दिया?"

दारोगा बाबू किसी तरह अपनी हँसी रोककर खाँसते हुए बोले, "उस जंगल में शेर नहीं है सर, जंगल में तो सर्च किया ही था, आसपास के गाँवों में भी ढूँढ़ा था।"

"तो फिर आपलोग हमारे पास क्या कहने आए हैं? पूरा मामला तो पानी की तरह साफ है। सैमसन और रघुनाथ बाबलू को लेकर भाग गए हैं।"

दारोगा हाथ उठाकर मिस्टर सान्याल को रोकने जा रहे थे, लेकिन गुस्ताखी हो जाएगी ऐसा सोचकर हाथ नीचा करके बोले, "एक आशा की किरण नज़र आ रही है, आपको वही बताने आए हैं।"

"वह सब किरण-विरण की थ्योरी छोड़कर सीधी बात बताइए।"

दारोगा बाबू एक बार और माथे का पसीना पोंछकर बोले, "अमरनाथ बनर्जी नाम के एक सज्जन, जो जूट कार्पोरेशन में काम करते हैं—वे दुर्घटना के दूसरे दिन अपनी गाड़ी से घाटशिला से कोलकाता लौट रहे थे। उन्होंने घाटशिला में अपना मकान बनवाया है, पत्नी और बेटे को..."

"फालतू बातें छोड़िए।"

"हाँ सर, सॉरी सर—खड़गपुर से तीन मील पहले ट्रक में उन्होंने एक लड़के को देखा था, जिसके हाथ-पैर में ज़ख्म थे। उस ट्रक के ड्राइवर ने बताया था—वह लड़का सड़क के किनारे बेहोश पड़ा था—दुर्घटना से एक मील दूर उत्तर दिशा में बड़ी सड़क पर। वे सज्जन उस लड़के को खड़गपुर के एक दवाख़ाने में अपने साथ ले गए थे। मगर वहाँ मरहम-पट्टी करवाने के बाद वह टॉयलेट जाने का बहाना करके भाग गया। उस सज्जन ने इस बाबत पुलिस में रिपोर्ट दर्ज करवाई है।"

दारोगा बाबू इतना कहकर चुप हो गए। मिस्टर सान्याल अब तक

शीशेवाली मेज पर नज़रें गड़ाए भौंहें सिकोड़कर उनकी बातें सुन रहे थे। अब दारोगा बाबू की तरफ देखकर बोले, "आपने इतना सब तो बता दिया, लेकिन यह नहीं बताया कि उस लड़के का नाम क्या है?"

"यही एक गड़बड़ है सर। वह लड़का शायद अपनी याददाश्त खो बैठा है।"

"याददाश्त खो बैठा?" अविश्वास से मिस्टर सान्याल की भौंहें सिकुड़ गईं।

"वह अपना नाम, आपका नाम, रहने की जगह, कुछ भी नहीं बता सका था।"

"नानसेन्स!"

"लेकिन हुलिये से उसका चेहरा बिल्कुल मिलता है।"

"कैसा मेल? रंग गोरा, दोहरा बदन, घुँघराले बाल हैं—यही सब न!"

"जी सर, नीली पैंट और सफ़ेद शर्ट भी वह पहने हुए था।"

"और कमर के नीचे के पैदायशी निशान के बारे में भी बताया है? ठोढ़ी के नीचे तिल के बारे में भी।"

"नो सर!"

मिस्टर सान्याल अपनी कलाई घड़ी देखकर बोले, "आज मुझे कोर्ट जाना ही होगा। पिछले तीन दिनों से चिन्ता के कारण नहीं जा सका था। मैंने अपने तीनों बेटों को भी तार भेज दिया है। एक तो खड़गपुर में ही है—आई.आई.टी. में। उसने फोन किया था, वह आज ही पहुँच रहा है। बाकी दो बैंगलौर और मुम्बई में हैं। वे दोनों भी जरूर आएँगे। शायद एक-दो दिन लग जाएँ। मुझे सबसे ज्यादा चिन्ता माँ को लेकर है। बाबलू की माँ नहीं, मेरी माँ। बाबलू की माँ अगर जिन्दा रहती तो यह सदमा वह बर्दाश्त नहीं कर पाती। मैंने फैसला कर लिया है। वे दो लोग अगर बाबलू को ले गए हैं,

तो वे रुपयों की माँग जरूर करेंगे। अगर वे ऐसा करते हैं तो मैं रुपये देकर अपने बेटे को छुड़ा लूँगा। फिर वे पकड़े जाते हैं या नहीं, यह देखना आपका काम है। आई डोण्ट केयर।"

इतना कहकर कोलकाता के जाने-माने बैरिस्टर शरदिन्दु सान्याल, तीनों तरफ किताबों से भरे अपने आफिस के संगमरमर के फर्श पर जूते की मचमच करते हुए बाहर निकल गए। जाते-जाते नए सिरे से दारोगा दिनेश चन्द के माथे पर चिन्ता के बल डाल गए।

पाँच

उत्तरी कोलकाता की एक साधारण बाल काटनेवाली दुकान, जो नरहरी दत्तराय की थी, वहाँ दो लोगों ने आकर अगल-बगल की दो कुर्सियों पर बैठकर अपने बाल कटवाकर बीस मिनट के अन्दर अपना हुलिया बदल लिया। जो आदमी ज्यादा ज़वान और ज्यादा लम्बा था, जिसके कन्धों को छूकर परेश नाई चौंक गया था, उस आदमी ने अपनी बढ़ी हुई दाढ़ी-मूँछों को साफ करवा दिया और कन्धे तक फैले बालों को कटवा दिया। दस साल पहले ज्यादातर लोग जिस तरह के बाल रखना पसन्द करते थे, उसके बाल उस तरह के हो गए थे। दूसरे आदमी की जुल्फें भी गायब हो गई थीं। उसकी माँग दाईं ओर से बाईं ओर चली गई थी। दाढ़ी-मूँछों की जगह अब सिर्फ मूँछ की एक पतली रेखा रह गई थी। परेश और पशुपति को बाल काटने के पैसों के अलावा अपना मुँह बन्द

रखने के लिए जिस टेढ़ी नजर से उस गुण्डे ने घूरा, उसे याद करके उनके बारे में किसी को बताने की हिम्मत नहीं हो सकती थी।

बाल कटवाने के बीस मिनट बाद उन दोनों ने शोभा बाज़ार की गली में जाकर एक टूटे-फूटे एकमंजिले मकान का दरवाज़ा खटखटाया। एक नाटे दुबले-पतले बूढ़े व्यक्ति ने आकर दरवाज़ा खोल दिया। उस गुण्डे ने उसके सीने में अपनी पाँचों अँगुलियाँ गड़ाकर उसे अन्दर ढकेला और अन्दर चला गया। साथ के दूसरे व्यक्ति ने भीतर से दरवाज़ा बन्द कर दिया। शाम का समय था। कमरे में एक बीस वाट का बल्ब टिमटिमाकर जल रहा था।

"पहचान रहे हो, दद्दा!"—गुण्डे ने बूढ़े पर झुककर पूछा।

बूढ़े की आँखें बाहर निकलने को हो गईं। उसके सिर को ज़ोर-से झकझोरे जाने से पुराने ज़माने के स्टील के फ्रेमवाला बूढ़ा चश्मा नाक पर सरक आया था।

"न...नहीं तो..."

उस गुण्डे ने अपनी भद्दी मुस्कराहट से कहा, "पहचानोगे कैसे, मैंने दाढ़ी जो बनवा ली है, यह देखो।"

उस आदमी ने बूढ़े का सर अपनी तरफ खींचकर चश्मे सहित उसकी नाक अपने गाल से रगड़ दी।

"खुशबू नहीं मिल रही है दद्दा? शेविंग सोप की खुशबू! मेरा नाम सैमसन है। अब याद आ रहा है?"

वह बूढ़ा काँपते-काँपते तख्त पर बैठ गया क्योंकि उस गुण्डे ने अब उसे छोड़ दिया था।

"तुम्हें हुक्का पीते वक्त डिस्टर्ब किया। वेरी सॉरी दद्दा!"

सैमसन ने दीवार से टिके हुक्के को उठाकर उसके मुँह से चिलम खोल ली। तख्त पर एक डेस्क था, डेस्क के ऊपर एक पंचांग खुली रखी

थी जिसके खुले पृष्ठ पर छह कोनेवाला पत्थर का पेपरवेट रखा हुआ था। सैमसन ने पेपरवेट हटा दिया फिर चिलम को पंचांग पर पलटते ही जलते हुए कोयले, उसके पन्नों पर गिर पड़े। अब सैमसन ने चिलम को कमरे के एक कोने में फेंक दिया और एक टूटी हुई हैण्डिलवाली कुर्सी तख्ते के पास खींचकर बुड्ढे के सामने बैठकर बोला, "अब ज़रा बताओ दद्दा, गाँठ अगर काटने का मन हो तो सीधे-सीधे काट लो, ज्योतिषी बनने का नाटक क्यों करते हो?"

बूढ़ा समझ नहीं पा रहा था वह किधर देखे। पंचांग के पन्ने से धुआँ निकलकर कमरे की छत की ओर उठ रहा था। पन्ने काले पड़कर उसमें छेद होते जा रहे थे। तम्बाकू की गन्ध के साथ कागज़ जलने की महक भी आ रही थी।

सैमसन ने धीमी आवाज़ में खीज़कर कहा, "उस दिन आकर मैंने तुमसे कहा कि एक खास काम से जा रहा हूँ, जरा बढ़िया मुहूर्त बताओ। तुमने पंचांग देखकर हिसाब से सात आसाढ़ का दिन शुभ बताया। लोग कहते हैं घर की मुँडेर पर कौए के बैठने से भैरव भट्टाचार्य उसका भाग्य पढ़ सकते हैं। हम लोग भी भरोसे के साथ आए थे। तुमने भविष्य जाँचकर हमारी गाँठ के दस रुपये लेकर अपने उस लकड़ी के बक्से में डाल दिए। उसके बाद क्या हुआ जानते हो?"

बूढ़ा ज्योतिष पंचांग से अपनी नज़र नहीं हटा पा रहा था, शायद इसीलिए रघुनाथ ने उसकी ठोड़ी पकड़कर उसका चेहरा सैमसन की तरफ घुमा दिया। साथ ही उसकी आँखें भी दो अँगुलियों से खींचकर खोल दीं, जिससे भट्टाचार्य सैमसन की तरफ से आँखें न फेर सके। ऐसा करने से पहले रघुनाथ ने उसका चश्मा खींचकर तख्त पर फेंक दिया था।

"मेरी बात सुनो!" सैमसन ने कहा, "जिस गाड़ी में माल लेकर जा रहे थे, एक साले ट्रकवाले ने उसमें टक्कर मार दी। गाड़ी चकनाचूर हो गई।

ट्रकवाला भाग गया। हमारे दो पार्टनर मारे गए। स्पॉट डेड। मेरी देह इस्पात की है इसलिए बच गया हूँ, फिर भी घुटना डिसलोकेट होते-होते बचा। और यह मेरा पार्टनर—इसके तीन जगहों पर ज़ख़्म हैं, दाईं करवट लेते नहीं बनता। इधर जिस माल के लिए इतनी परेशानी उठाई, वह भी खलास। तुम अपनी गणना से समझ नहीं पाए थे क्या?"

"भैया, हम तो भगवान...।"

"खामोश!"

रघुनाथ ने बूढ़े का सिर छोड़ दिया। इससे उसे राहत मिली। अब आगे का खेल सैमसन को अकेले ही खेलना था।

"अब निकालो तो दद्दा दस इनटू दस।"

"म...मैं।"

"चोप्प!"

सैमसन ने दबे स्वर में धमकाया और फुर्ती से एक छुरा निकाल लिया। उसके दस्ते का एक बटन दबाते ही छुरे की मुड़ी हुई नोक खट्ट से बाहर आ गई। उसने उसे ज्योतिषी के सीने पर धर दिया।

"दे रहा हूँ भैया, दे रहा हूँ।"

भैरव ज्योतिषी ने काँपते हाथों से पहले अपनी अण्टी टटोली। फिर वह हाथ उसके तेलहे लकड़ी के कैश बॉक्स की ओर बढ़ गया।

छह

इन पाँच दिनों में फटिक अपना काम काफी हद तक सीख गया था। उपेन बाबू भले आदमी थे इसलिए उसे कोई दिक्कत नहीं हुई थी। फटिक को हर महीना बारह सौ रुपये वेतन, रहने की जगह और खाना तय हुआ था। उन्होंने फटिक को एक महीने का वेतन अग्रिम दे दिया। उपेन बाबू सचमुच अच्छे इनसान थे यह बात फटिक कल ही समझ गया था। पास की पान की दुकान से फटिक उपेन बाबू के लिए पान लाने गया था, वहाँ बिशू नाम के एक लड़के से उसका परिचय हुआ। बिशू भी महीने भर पहले ही वहाँ काम पर आया था। उसके दो-दिन बाद ही बिशू से एक प्याला टूट गया था। गुस्से में दुकान के मालिक वेणीबाबू ने उसके सिर के बाल नोच लिए थे। साथ ही ऐसा जबर्दस्त घूँसा मारा था कि उसके सिर पर गूमड़ा निकल आया था। उपेन बाबू मारते नहीं थे वह धमकाते थे और

उनकी डाँट देर तक चलती रहती थी जो उपदेश में बदल जाती थी। यह उपदेश किस्तों में पूरा दिन चलता रहता। अगले दिन जब फटिक से गिलास टूटा तो पहले उपेन बाबू कुछ समय तक ज़मीन पर टूटे हुए काँच के टुकड़ों को देखते रहे। इसके बाद फटिक जब उन टुकड़ों को अँगोछे में उठाकर रखने लगा तब उपेन बाबू ने कहा, "तुमने यह गिलास तोड़ दिया। क्या इसे खरीदने में पैसे नहीं लगते? पैसा कौन देगा? तुम या मैं? काम करते समय इन बातों का ध्यान रखना। काम में चुस्ती जरूरी है, लेकिन इसका मतलब यह नहीं कि काँच का गिलास लेकर उछलते रहो। दुकान का सामान हाथ में लेकर मौज-मस्ती करने के लिए नहीं होता।"

उपेन बाबू उसे सुनाने के लिए ही उपदेश देते थे, ऐसा नहीं था। दुकान के झमेले के बीच ही फटिक ने गौर किया था, उपेन बाबू की भौंहें सिकुड़ी हुई थीं और वे कुछ बड़बड़ा रहे थे। एक ग्राहक का आर्डर ले जाते समय उनकी कुछ बातें फटिक ने सुन ली थीं। डाँटने-फटकारने के बीच वे अपना काम भी करते रहते थे, इस पर फटिक ने गौर भी किया था।

दुकान में रोज नए ग्राहक आते हों, ऐसा नहीं था। ज्यादातर ग्राहक रोज के थे। उनके आने का समय भी निश्चित रहता था। केवल समय ही नहीं उनका आर्डर भी एक जैसा ही होता था। कोई सिर्फ चाय पीता था, कोई चाय और टोस्ट तो कोई इनके साथ अंडे का आर्डर भी देता था। अंडे का मतलब पोच या फिर अंडे का आमलेट। किसका कैसा आर्डर होता है, फटिक कुछ ही दिनों में समझ गया था। आज सुबह जब वह दुबला-पतला आदमी, जो हरदम नज़र आता था, तीन नम्बर टेबिल पर आकर बैठा तो फटिक ने उसके पास जाकर पूछा, "चाय और बिना मक्खन का टोस्ट लाऊँ?"

उसने वैसे ही उदास चेहरे से कहा, "इतने कम समय में ही पहचान गया?"

ग्राहकों को पहचानने में फटिक को एक तरह का मजा आने लगा था।

लेकिन अब भी उसे थोड़ी सावधानी बरतने की जरूरत थी, क्योंकि आज दोपहर को उससे एक गलती हो गई थी। पीली कमीज़ पहने हुए एक मोटे आदमी को परिचित समझकर जैसे ही उसने कहा, 'चाय और दो-अण्डों का आमलेट ले आऊँ?' उस आदमी ने अखबार से अपनी आँखें हटाकर उसे घूरकर देखते हुए कहा था, "तेरी मर्जी का खाना पड़ेगा क्या?"

फटिक को इस बात से राहत महसूस हो रही थी कि कप-प्लेट लेकर चलने-फिरने में अब उसे ज्यादा परेशानी नहीं होती थी। हारूनदा ने कहा था, "देखना धीरे-धीरे यह सब काम कितना आसान हो जाएगा। तब सब नाचते-नाचते ही होने लगेगा। असल में यह भी एक कला है। जब तक इस कला में माहिर नहीं हो जाता, एक-आध चीज़ें तो टूटेंगी ही।"

हारूनदा रोज़ शाम को एक बार आता था। लेकिन उपेन बाबू को उसने असली बात नहीं बताई थी। अब फटिक का परिचय था—हारून के रिश्ते का भाई, मेदिनीपुर में रहता था। उसके माँ-बाप नहीं थे, एक बिगड़ैल चाचा था जो पियक्कड़ था और फटिक को बुरी तरह मारता था।

"देख रहे हैं उपेनदा, उस आदमी ने सिर्फ नोचकर उसकी चमड़ी उधेड़ ली है। सिर की सूजन देख रहे हैं न! लकड़ी के चैले से पीटा है।" उपेन बाबू उसे काम पर रखने के लिए तुरन्त तैयार हो गए थे। वैसे भी उन दिनों जो लड़का काम कर रहा था, वह ठीक से काम नहीं कर पा रहा था। वह लगातार तीन दिनों तक नागा करके हिन्दी फिल्म देखकर देर रात घर लौटने के बाद अपनी गलती छुपाने के लिए झूठ पर झूठ बोलता रहा था।

इस बीच फटिक का चेहरा काफी बदल चुका था। हारूनदा ने उसके घुँघराले बालों को छँटवाकर छोटा करवा दिया था। फटिक ने कोई आनाकानी नहीं की थी। बाल कटवाने के बाद हारूनदा ने उसे एक जोड़ी हाफपैंट, दो शर्ट, दो बनियान और एक जोड़ी चप्पलें देकर

कहा था—“काम के वक्त बनियान पहनना, लेकिन इससे पहले चाय के पानी में इसे भिगोकर सुखा लेना।” तब न जाने क्यों फटिक सिहर उठा था। काम शब्द सुनकर वह शायद खुद को बड़ा महसूस करने लगा था, इसीलिए फटिक को पता था कि वह जल्दी ही अपने काम में माहिर हो जाएगा। उसकी ड्यूटी सुबह आठ बजे से रात के आठ बजे तक हफ्ते में पाँच दिन तथा शनिवार को चार बजे तक की थी। रविवार को छुट्टी। दुकान के पिछवाड़े के दरवाज़े के पास छोटा-सा लकड़ी का कमरा था उसमें उपेन बाबू रहते थे। उसी कमरे के दरवाज़े के बाहर टिन की छत के नीचे फटिक के सोने की जगह बना दी गई थी। पहली रात मच्छरों के मारे फटिक सो नहीं पाया था, इसलिए उसने सिर से पैर तक चादर से अपने को ढक लिया था, लेकिन साँस लेने में परेशानी होने से वह उस तरह देर तक लेट नहीं पाया था। लेकिन अगले दिन उपेन बाबू से यह बात कहने पर उन्होंने उसे एक मच्छरदानी ला दी थी। उसके बाद से नींद अच्छी आने लगी थी। कुहनी का ज़ख़्म भी ठीक हो रहा था। मगर सिर का दर्द कभी ठीक हो जाता था, कभी बढ़ जाता था। लेकिन दिक्कत यह थी कि उस दिन आसमान में तारे देखने से पहले की घटनाएँ उसे किसी तरह याद नहीं आ रही थीं। आखिर वह समझ गया इसे लेकर परेशान होने से कोई फायदा नहीं। हारूनदा ने भी कहा था—“जो चीज़ नहीं है, जो शून्य है उसे सोचने का कोई मतलब नहीं। अगर याद आना होगा तो अपने आप ही आ जाएगा रे फटिक!”

असली मजा तो कल आया था। कल रविवार छुट्टी का दिन था। हारूनदा कह गया था, इसलिए फटिक दुकान में ही था। हारूनदा दोपहर को दो बजे आया था। वह कन्धे पर एक थैला लटकाए हुए था। ढेरों रंग-बिरंगे कपड़े की कतरनों को जोड़कर वह थैला बनाया गया था। फटिक हारूनदा के साथ दस मिनट में शहीद मीनार पहुँच गया।

ऐसी भी कोई जगह हो सकती है फटिक ने सोचा भी नहीं था। शहीद

मीनार की एक तरफ भीड़ के अलावा कुछ नजर नहीं आ रहा था। एक जगह एक साथ इतने आदमी क्या करते होंगे, यह बात फटिक की समझ में नहीं आ रही थी। हारूनदा ने कहा, "अगर इस मीनार के ऊपर चढ़ पाता तो देखता इस भीड़ में भी एक व्यवस्था है। इस भीड़ में कहीं-कहीं कुछ गोल चक्कर की तरह खाली जगहें-सी दिख रही हैं। उन जगहों में कुछ-न-कुछ तमाशा हो रहा है, जिसे देखने के लिए लोग खड़े हैं।"

"रोज़ इतने लोगों की भीड़ होती है यहाँ?" फटिक ने पूछा।

"ओनली सण्डे को!" हारूनदा ने कहा, "चल तुझे दिखाता हूँ। अपनी आँखों से देखने पर तेरी समझ में सब कुछ आ जाएगा।"

फटिक ने देखा तो सही, लेकिन समझना कहने की बात गलत होगी। इतनी गतिविधियाँ सहज ही समझ में नहीं आतीं। इतने तरह के काम, इतने तरह के खेल, इतने तरह के रंग, इतने तरह के शब्द—सब एक जगह आकर इकट्ठा हो गए थे। फटिक चक्कर में पड़ गया। वहाँ सिर्फ खेल दिखाया जा रहा था, ऐसा नहीं था। एक तरफ फेरीवाले अपने सामान बेच रहे थे—दाँत का मंजन, दाद का मलहम, गठिये की दवा, आँख की दवा, कितने तरह की जड़ी-बूटियाँ, और भी तरह-तरह के सामान। एक जगह एक तोता कागज़ों में से एक कागज़ चोंच से खींचकर लोगों का भाग्य बता रहा था। एक आदमी बातों का फुहारा छोड़कर एक अनोखे साबुन की खूबियाँ बखान कर रहा था। आधे सिर पर पगड़ी बँधी थी। बदन पर खाकी पैंट थी और उसके दोनों हाथों में गुलाबी साबुन की झाग थी। एक जगह एक आदमी गले में काफी मोटी लोहे की जंजीर लटकाकर हाथ-पैर हिलाकर कुछ कह रहा था और उसके चारों तरफ मज़मा लगाकर लोग हैरत होकर सुन रहे थे। उसके पास ही एक सीमेण्ट के चबूतरे पर गन्दे कपड़े पहने उलझे बालोंवाला पागल जैसा एक बेहद काला आदमी पैर फैलाकर बैठा लाल, काले और सफेद खड़िया से देवी-देवताओं की आकर्षक तस्वीरें बना रहा था। वहाँ लोग पैसे फेंक रहे थे जो टन्न-टन्न करके हनुमान जी की पूँछ,

रामचन्द्र जी के मुकुट और रावण के सिर पर गिर रहे थे, लेकिन वह आदमी उस तरफ देख भी नहीं रहा था।

लेकिन फटिक ने गौर किया कि इतने तरह की चीज़ों में तमाशे ही वहाँ ज्यादा दिखाए जा रहे थे। केवल एक चीज़ को फटिक तमाशा नहीं कह पाया। उसे क्या कहना चाहिए, फटिक की समझ में नहीं आया। फटिक से भी कम उम्र के एक लड़के का सिर एक गड्ढे में गड़ा था। उसी की उम्र के एक छोटे लड़के ने उसके चारों तरफ मिट्टी डालकर भीतर हवा पहुँचने का रास्ता भी बन्द कर दिया था। वह लड़का लम्बे समय तक उस तरह गड्ढे में सिर डाले पड़ा रहा। फटिक उस तरफ थोड़ी देर तक देखकर थूक निगलते हुए बोला, "ओ हारूनदा, वह तो मर जाएगा।"

"यहाँ कोई मरने के लिए नहीं आता रे फटके!" हारूनदा ने कहा, "यहाँ लोग जीने के लिए आते हैं। वह भी जिन्दा रहेगा। वह जो कुछ कर रहा है वह सिर्फ अभ्यास का खेल है। अभ्यास क्या चीज़ होती है इसे खलीफा हारून का खेल देखकर समझ जाएगा।"

हारूनदा भीड़ को चीरते हुए उसे वहाँ ले गया, जहाँ वह पहले खेल दिखाता था। वहाँ आज एक लड़की खेल दिखा रही थी। रस्सी पर सन्तुलन का खेल। ज़मीन से सात-आठ हाथ की ऊँचाई पर एक तनी हुई रस्सी बँधी थी। उसी रस्सी पर वह लड़की एक छोर से दूसरे छोर तक चलकर आ-जा रही थी। हारूनदा ने कहा, "यह दक्षिण भारतीय लड़की है।"

एक दूसरी जगह पर हवा में लटकते हुए एक लोहे के रिंग में आठ-दस जगहों पर आग जल रही थी, उसे देखकर फटिक ने अचानक उत्साह से कहा, "उसके बीच से एक आदमी कूदेगा न?"

हारूनदा चलते-चलते अचानक रुक गया। उसने पूछा, "तुझे कुछ याद आ रहा है, तूने पहले यह खेल देखा है?"

फटिक हाँ कहना चाहकर भी कह नहीं पाया। रोशनी-भीड़-भाड़-बाजे की आवाज़ आदि की एक गड्डमड्ड तस्वीर क्षणभर के लिए उसकी आँखों

के सामने उभरकर गायब हो गई। अब उसे सामने दिखनेवाली चीज़ों के अलावा कुछ नहीं पता था।

हारूनदा आगे बढ़ गया। फटिक उसके पीछे-पीछे चल रहा था। हारूनदा आज जहाँ खेल दिखानेवाला था, वह जगह खाली थी। दाहिनी तरफ एक जगह भीड़ के पीछे से डुगडुगी की आवाज़ आ रही थी। लोगों के पैरों के बीच से फटिक को एक भालू के काले बाल नजर आए। डुगडुगी और ढोल, वहाँ सभी खेलों में बज रहे थे। लेकिन हारूनदा ने अपने झोले से जो चीज़ निकाली वह इन दोनों में से एक भी नहीं थी। वह एक बाँसुरी थी, जिसका पीछे का हिस्सा पतला और सामने का हिस्सा चौड़ा था, जिस पर फूलों की डिजाइन बनी थी। हारूनदा ने बाँसुरी में लगातार सात बार फूँक मारी। फटिक समझ गया बाँसुरी की आवाज़ ने सब आवाज़ों को पीछे छोड़ दिया था। वह मैदान के एक छोर से दूसरे छोर तक गूँज रही थी।

अब बाँसुरी को अपनी सपरी की ज़ेब में रखकर हारून ने एक जोर की चीख से फटिक को चौंका दिया—

'छू-ऊ-ऊ-ऊ—!
छू—छू-छू-छू ऊ-ऊ-ऊ!'

इसी चीख और बाँसुरी की आवाज़ सुनकर चारों तरफ से लड़कों का झुंड भागता हुआ उधर चला आया। मज़मा इकट्ठा होते ही हारून ने कान को भेदनेवाली ताली बजाकर, फिर तीन बार कलाबाजी खाकर, फिर एक ऊँची छलाँग लगाकर भीड़ इकट्ठी करने का अपना आश्चर्य मंत्र बोलना शुरू कर दिया—

'छू-छू-छू-छू-छू-ऊ-ऊ-ऊ!
छू-मन्तर जन्तर-मन्तर
हर बीमारी दूर करन्तर
सात समन्दर बारह बन्दर

चालीस चूहा छै छछून्दर'

'छू' कहकर बाँसुरी में एक लम्बी फूँक मारकर, एक बार और ताली बजाकर तथा कलाबाजी खाने के बाद हारूनदा ने फिर बोलना शुरू किया—

'कम! कम! कम! कम!
कम-म-म-म-म-म!
कम सी कम सी चमकदारी
हर किसम की जादूगरी
कलकत्ते का खेल-खिलाड़ी
लम्बी-दाढ़ी लौंग सुपाड़ी
कम-म-म-म-म!

कम कमाण्डर वण्डर वण्डर
जगलर जोकर,जम्पिंग वण्डर
वण्डर खलीफा हारून वण्डर
जादू वेलकम कम कमाकम
कम-म-म-म-म!

कम-बॉय गुडबॉय बैडबॉय फैट बॉय
हैट-बॉय कोट-बॉय दिस बॉय दैट-वॉय
कॉलिंग आल-वॉय, आल-वॉय कॉलिंग
कम-म-म-म-म!

बार रे, फटिक ने सोचा, गले में कितना दम था। भीड़ जुटाने का कैसा अनोखा तरीका था। इतने में ही हारूनदा के चारों तरफ काफी लोग जमा हो गए थे। हारूनदा ने अपने झोले से एक आसन निकालकर घास के ऊपर बिछाया और उस पर बैठ गया। फिर थैली से खेल का सामान निकालकर अपने चारों तरफ सजाने लगा।

फटिक ने देखा उनमें चार चमकती हुई पीतल की डिजाइनदार गेंदें थीं। दो बड़े-बड़े लट्टू और उसे घुमाने की डोरी। तीन-चार लाल, नीले पंख लगी बाँस की खपच्ची। पाँच प्रकार की डिजाइनदार टोपी—जिनमें से एक टोपी हारून ने खुद पहन ली। फटिक अब तक हारूनदा को सामान लगाने में मदद कर रहा था। अब हारून ने कहा, "तू जाकर भीड़ में खड़ा हो जा। जब भी कोई खेल खतम होगा ताली बजा देना।"

पहले दो खेलों के बाद फटिक ने ही ताली बजाई। फिर दूसरों ने बजाई। तीसरे खेल के बाद फटिक ने ताली नहीं बजाई। हारून के खेल से वह इतना मुग्ध हो गया था कि वह ताली बजाना ही भूल गया। हारून के कमर के ऊपर का पूरा शरीर जैसे जादू था। नमाज़ पढ़ने की भंगिमा में

अपनी एड़ियों पर बैठकर उतने बड़े लट्टू में डोरी लपेटकर हारूनदा सामने फेंक देता और उसकी डोरी खत्म होने से ठीक पहले झटके से पीछे खींच लेता और न जाने कैसे लट्टू हवा में घूमता हुआ हारूनदा की हथेली पर आ जाता। हर बार ऐसा ही हो रहा था। यह कमाल फटिक की समझ के बाहर था। इतना ही नहीं उतने बड़े लट्टू को हारूनदा ने हथेली से पंख लगी खपच्ची पर रख दिया था और वह लट्टू पेन्सिल की नोक की तरह पतली सीक पर नाच रहा था।

पीतल की गेंदों के खेल में हारूनदा को और भी तालियाँ मिलीं। दो से तीन, तीन से चार गेंदों से वह बाज़ीगरी दिखा रहा था। शाम की धूप में वे गेंदें झिलमिला रही थीं। उनकी चमक हारूनदा के चेहरे पर पड़ने से लग रहा था जैसे उसके चेहरे से बार-बार रोशनी निकल रही है।

सूरज डूबने तक खेल चलता रहा। आसपास के खेलों को छोड़कर काफी लोग हारूनदा का खेल देखने चले आए थे। फटिक आश्चर्य से देख रहा था, बच्चे भी किस फुर्ती से फटिक की ओर पैसे फेंक रहे थे। लेकिन खेल दिखाते वक्त हारूनदा का ध्यान उधर नहीं था। खेल खतम होने के बाद उसने फटिक से पैसे बटोरने के लिए कहा।

हारून के खेल का सामान उठाने से पहले ही फटिक ने पैसे इकट्ठा कर लिए थे। कुल अठारह रुपये बत्तीस पैसे थे। अपने कन्धे पर झोला लटकाकर हारूनदा ने कहा, "चल आज तुझे रूमाली रोटी और तड़केवाली दाल खिलाऊँ। मैं शर्तिया कह सकता हूँ, यह चीज़ तूने पहले कभी नहीं खाई होगी। फिर मिठाई क्या खाएँगे, इसे बाद में सोचेंगे।"

सात

फटिक ने अपने सोने की जगह वाली दीवार पर कात्यायनी स्टोर का एक कैलेण्डर टाँग दिया था। वह रोज़ सोने से पहले उस तारीख के नीचे पेन्सिल से एक निशान लगा देता था। उसे देखकर वह हिसाब लगाता था कि उसे वहाँ काम करते हुए कितने दिन हुए। आठवें दिन मतलब गुरुवार को, दोपहर के साढ़े बारह बजे उपेन बाबू की दुकान में एक आदमी आया। ऐसे मुस्टण्डा आदमी को फटिक ने पहले कभी नहीं देखा था। दुकान में रखी आठ बेंचों में से जो बेंच दरवाज़े से घुसते ही बाईं ओर थी—यानी जो उपेन बाबू के बैठने की जगह से सबसे दूर थी, वह आदमी वहीं बैठ गया। उसके साथ एक आदमी और था। उसका चेहरा ऐसा कुछ खास नहीं था। मुस्टण्डे आदमी ने बैठते ही 'ऐ छोकरे' की आवाज़ लगाई। फटिक समझ गया वह उसे ही बुला रहा था। ठोढ़ी पर

सफेद दागवाला जो आदमी रोज़ इस वक्त आता था और चाय पीते हुए आधे घंटे तक अखबार पढ़ता था। वह अभी-अभी गया था। फटिक उसी का प्याला हटाकर टेबिल पर कपड़ा मार रहा था, तभी उस आदमी ने हाँक लगाई थी—

"दो मामलेट और दो चाय इधर। जल्दी।"

"अभी देता हूँ बाबू!"

कहते समय फटिक की आवाज़ काँप गई। साथ ही उसके हाथ का प्याला भी। शायद इसे फटिक ने महसूस नहीं किया था। किचन में केष्टोदा को आर्डर बताकर हाथ का प्याला रखकर, उस आदमी का पैसा उपेन बाबू को थमाकर फटिक ने फिर एक बार चोर नज़रों से उस मुस्टण्डे को देखा। उसे पहले भी कभी देखा था यह उसे याद नहीं आया। तो फिर उसकी आवाज़ सुनकर वह घबरा क्यों गया? वे दोनों व्यक्ति आपस में बातें कर रहे थे। दुबला व्यक्ति मुस्टण्डे व्यक्ति को सिगरेट सुलगाकर दे रहा था।

फटिक ने उनके ऊपर से नजर हटा ली। इसके बाद हाथ का झाड़न घुमाते हुए पन्ना बाबू की मेज़ से डबलरोटी के चूरे साफ करने चला गया। इस दुकान में जितने लोग आते थे, उनमें पन्ना बाबू के कपड़े सबसे अच्छे होते थे। उनके आने पर उपेन बाबू भी आकर उनकी खातिरदारी करते थे। दूसरा कोई ग्राहक जो नहीं करता उस दिन दो दिनों से पन्ना बाबू वही कर रहे थे। उन्होंने फटिक को दस पैसे की बख्शीश दी थी, उसमें से दस पैसा आज अभी पाँच मिनट पहले उसे मिला था। फटिक ने तय किया कि इन पैसों को इकट्ठा करके वह हारूनदा की उधारी चुकता कर देगा।

आमलेट बन रहा था। सभी मामलेट कहते थे केवल हारूनदा आमलेट कहते हैं; और यही ठीक भी था। इसलिए फटिक भी मन ही मन इसे आमलेट कहता था। केष्टोदा ने दो चाय के दो प्याले बढ़ा दिए थे। फटिक ने बड़ी स्टाइल से दोनों प्याले उठाकर एक बूँद भी चाय-प्लेट पर बिना छलकाए एक नम्बर टेबिल पर मुस्टण्डे और पतले, उन दोनों लोगों

के सामने रख दिए। दो दिनों से वह एक नई बात कर रहा था। उसे जो चीज़ पहुँचा देता था वह बता देता था और जो लाना बाकी रहता था ग्राहकों को भी बता देता था। साथ में कमिंग शब्द जोड़ देता था—जैसे उसने आज कहा था, "मामलेट कमिंग।"

अपनी बात पूरी करके उस मोटे व्यक्ति की तरफ नजर घुमाते ही फटिक ने देखा वह उसे देखकर मुँह बाये बैठा हुआ था और उसके मुँह के अन्दर से सिगरेट का धुआँ अपने आप फीते की तरह बाहर निकल रहा था।

उस धुएँ को देखने के लिए ही शायद फटिक पाँच सेकेंड तक वहाँ खड़ा रहा। उसके पीछे मुड़ते ही उस व्यक्ति ने उसे पुकारा—"ऐ!"

फटिक रुक गया।

"तू कितने दिनों से यहाँ काम कर रहा है?"

फटिक घबराया, कहीं पुलिसवाले तो नहीं?

पुलिसवाले ही होंगे। नहीं तो वह इस तरह क्यों पूछ रहा था? फटिक ने तय कर लिया वह उसे सच नहीं बताएगा, लेकिन आवाज़ धीमी रखेगा जिससे उपेन बाबू न सुन लें। उसने उपेन बाबू की तरफ देखा, वे अपनी कुर्सी पर नहीं थे। जान बची!

"बहुत दिनों से बाबू!"

"तेरा नाम क्या है?"

"फटिक।"

फटिक तो उसका असली नाम नहीं था, इसलिए इसे बताने में कोई खतरा नहीं था।

"तूने अपने बाल कब कटवाए?"

"काफी दिन हो गए बाबू!"

"इधर आ।"

उधर से केष्टोदा की आवाज़ आई—"मामलेट तैयार है।"

"बाबू, पहले आपका मामलेट ले आऊँ।"

फटिक ने केष्टोदा से मामलेट की प्लेटें लेकर दोनों के सामने रख दीं। उसके बाद दो नम्बर की टेबिल से नमक, काली-मिर्च लाकर वहाँ रख दिया। वे दोनों अब आपस में बात करने लगे थे, उसकी तरफ नहीं देख रहे थे। फटिक चार नम्बर की तरफ चला गया। वहाँ एक नया ग्राहक आ गया था।

उन दोनों ने खाना खत्म किया। फटिक को पैसा देते वक्त मुस्टण्डे व्यक्ति ने पूछा, "तेरे हाथ में चोट कैसे लगी?"

"दीवार से रगड़ गया था।"

"दिन-भर में कितने झूठ बोलता है प्यारे?"

उस आदमी को फटिक नहीं जानता था, लेकिन उसकी बातें फटिक

को अच्छी नहीं लग रही थीं। उसने ठान लिया, हारूनदा के आने पर यह बात उससे कहेगा।

"जवाब क्यों नहीं दे रहा है?"

वह आदमी अभी भी एकटक उसे ही देख रहा था। ठीक उसी समय उपने बाबू बाहर के दरवाज़े से भीतर आए। फटिक को उस तरह खड़ा देखकर उन्हें शक हुआ। बोले, "क्या हुआ?"

फटिक बोला, "बाबू मुझसे कुछ पूछ रहे हैं..."

"क्या?"

"मैं कितने दिनों से यहाँ काम कर रहा हूँ?"

उपेन बाबू ने उस मुस्टण्डे की तरफ देखकर विनम्रता से कहा, "आप को इससे क्या लेना-देना?"

वह मुस्टण्डा कुछ कहे बिना टेबिल पर पैसा रखकर खड़ा हो गया। साथ ही दूसरा व्यक्ति भी। अपने काम की व्यस्तता में फटिक शाम तक उन दोनों की बात लगभग भूल ही गया था।

आठ

लगभग चार बजे हारूनदा उपने बाबू की दुकान में आया। उसने कई दिनों से कह रखा था, वह कहाँ रहता है, यह फटिक को दिखा देगा। उपेन बाबू को कहने पर उन्होंने जाने की आज्ञा दे दी। बोले, "बाकी तीन घंटे का काम केष्टोदा का लड़का सतू सँभाल लेगा। सतू महीने में तीन बार बीमार पड़ जाता था, अन्यथा काम नहीं जानता हो, ऐसा नहीं था।"

दुकान से निकलकर हारूनदा ने फटिक से कहा, "आज तुझे ऐसी कला दिखाऊँगा कि तू चौंक जाएगा।" इतना सुनते ही फटिक इतना खुश हो गया कि दूसरी तरफ की पटरी पर पान की दुकान के सामने खड़े सुबह वाले उन दोनों व्यक्तियों पर उसकी नजर ही नहीं पड़ी।

हारूनदा बस में लटककर कभी आता-जाता नहीं था क्योंकि ऐसा करने से उसके हाथ को नुकसान पहुँच सकता था। हाथ नहीं चलने से पेट भी नहीं चलेगा। "रे फटिक, इसलिए पैदल चलना ही सबसे बढ़िया है।"

बहुत सारी गलियों से होते हुए छोटी-बड़ी सड़कें पार करके अन्त में हारूनदा और फटिक पुल पर पहुँच गए थे। इस पुल के नीचे से इलेक्ट्रिक ट्रेन गुजरती थी, जो पुल से नीचे बस्ती तक चली गई थी। इसी बस्ती में हारूनदा रहता था। फटिक ने पुल के ऊपर से ही देख लिया था। यह बस्ती काफी दूर तक फैली हुई थी। दूर कहीं-कहीं कारखानों की चिमनियाँ नारियल के पेड़ों से ऊपर सिर उठाकर खड़ी थीं। बस्ती को देखकर फटिक को लगा जैसे पूरी बस्ती धुएँ की चादर ओढ़े हुए थी। हारूनदा ने कहा, "यह अँगीठी-चूल्हे का धुआँ है, शाम का समय होने के कारण सभी घरों के चूल्हे इस वक्त जल रहे हैं।"

सीढ़ियों से उतरते हुए हारून ने कहा, "यहाँ हिन्दू-मुसलमान, ईसाई सभी तरह के लोग रहते हैं। और इनमें ऐसे-ऐसे कलाकार हैं, जिन्हें देखकर अचम्भा होगा। जमाल नाम का एक बढ़ई मेरे कमरे में आकर कभी-कभी गाना सुना जाता है और मैं बैठा-बैठा उसके साथ चौकी पर ताल ठोकता हूँ। उस वक्त मैं अपने आपको भी भूल जाता हूँ, यही उसकी कला की खासियत है।"

दोनों तरफ खपरैल के घरों के बीच से पतली टेढ़ी-मेढ़ी सड़क हारूनदा के घर की ओर चली गई थी। हारून और फटिक साथ-साथ चल रहे थे और आसपास आठ-दस-चौदह साल के लड़के-लड़कियाँ हारून को देखकर खुशी से उछल रहे थे और तालियाँ बजा रहे थे। कोई उसका नाम लेकर भी पुकार रहा था। हारून ने सबको हाथ के इशारे से बुला लिया। कहा, "आज नया खेल होगा।"

"ओ हो! नया खेल।" कहकर सब खुशी से चिल्लाए। हारूनदा के इतने सारे दोस्त हैं, फटिक जानता ही नहीं था।

हारूनदा के पास एक छोटा कमरा था। उसमें रोशनी भी ठीक से नहीं आती थी। शायद इसीलिए हारूनदा ने अपने कमरे में इतनी रंग-बिरंगी चीजें चारों तरफ फैला रखी थीं। कपड़े, कागज़, गुड़िया, तस्वीर, डिजाइन, पतंग सब कुछ था। लेकिन फिर भी वह दुकान नहीं लगती थी। जहाँ जो चीज़ रखने से अच्छी लगती थी, वह वहीं पर रखी थी, न कम न ज्यादा। फटिक ने मन-ही-मन सोचा, यह भी एक बड़ी कला है। इसके अतिरिक्त जितने सामानों की जरूरत थी, उतना ही था। इसके अलावा हारून का वह बक्स और थैला भी था।

इन सब सामानों के बीच एक चीज़ छुपी हुई थी, अब बत्ती जलाते ही उसपर फटिक की नजर पड़ी।

"वह किसका फोटो है हारूनदा?"

बत्ती के ठीक नीचे ही एक बहुत बड़े फ्रेम में एक छोटी तसवीर टँगी थी। उमेठी हुई मूँछों तथा घुँघराले बालों वाला एक व्यक्ति जैसे फटिक को ही देख रहा था। उसके नीचे खूब जतन से आकर्षक लिखावट में काले स्याही से लिखा हुआ था—'एन्रिको रस्टेली।'

हारूनदा ने एक बीड़ी सुलगाकर धुआँ छोड़ते हुए कहा, "ये मेरे एक और गुरु हैं। इनसे मैं कभी नहीं मिला। ये इटेलियन साहब हैं। मैं जो खेल दिखाता हूँ ये भी यही खेल लगभग सौ साल पहले दिखाते थे। मैंने एक पत्रिका से इस फोटो को काटकर लगाया है। मुझे तो तुमने चार गेंद लेकर खेलते देखा है, मगर ये एक साथ दस़ गेंदों से खेल दिखाते थे—सोच सकता है? पाँच नहीं सात नहीं—एकदम दस। इनका खेल देखकर लोग दीवाने हो जाते थे।"

हारूनदा ने जगलिंग पर काफी अध्ययन किया था इसे जानकर फटिक को हैरानी हुई। तो क्या हारूनदा को अँगरेजी आती थी? स्कूल में आठवीं कक्षा तक पढ़ाई की थी हारूनदा ने। उसने कहा, "चन्दननगर में हमलोगों का घर था। पिता जी की कपड़े की दुकान थी। एक बार माहेश के रथ के मेले में जादू का खेल दिखाए जाने की खबर सुनकर मैं भी देखने चला गया था। दो दिनों तक वहीं रहा। वहीं पर फर्स्टक्लास जगलिंग का खेल देखा। वापस घर लौटने पर मेरे पिता ने दूसरी जगलिंग दिखा दी। कपड़ा काटने की बड़ी कैंची देखी है? यह देख उसका रिजल्ट!"

हारूनदा ने कमीज़ ऊपर करके अपने पीठ के एक पुराने जख्म का निशान दिखाया।

"मेरा जख्म भरने में तीन हफ्ते लगे थे। उसके बाद एक दिन मौका समझकर ज़ेब में ग्यारह रुपये रखकर कन्धे से थैला लटकाकर भगवान का नाम लेकर मैं किसी को बिना बताए घर से निकल पड़ा। तीन बार ट्रेन बदलकर बगैर टिकट तीन दिन-तीन रात केवल चाय-बिस्कुट खाकर ट्रेन से सफर करते हुए एक दिन खिड़की से बाहर झाँका तो ताजमहल पर मेरी नजर पड़ी। मैं आगरा में उतर गया। शहर में घूमते हुए किले में जा पहुँचा। उसके पीछे खुला मैदान था जिसके पीछे यमुना नदी थी और उसके पीछे कुछ दूर पर फिर वही ताजमहल नजर आया। उसके बाद मेरी नजर दूसरी तरफ पड़ी। किले में ऊपर की ओर एक बरामदा था, जिसके नीचे बाहर के मैदान पर खेल दिखाया जा रहा था। एक तरफ साँप का खेल हो रहा था, दूसरी तरफ भालू का नाच। इनके बीच असदुल्ला दोनों हाथों में गेंद नचा रहे थे। उनकी आँखों पर रूमाल बँधा था। श्रद्धा क्या यही होती है रे फटिक। पर मेरे रोंगटे खड़े हो गए थे। मेरी आँखों में आँसू आ गए थे। क्या किसी आदमी में इतनी क्षमता होती है?"

"कौन लोग ये सब देख रहे थे?" फटिक ने पूछा।

हारूनदा ने कहा, "साहब-मेमसाहब लोग ऊपर झरोखे में खड़े होकर खेल देख रहे थे और पाँच-दस के नए नोट मोड़कर नीचे फेंक रहे थे। कोई साँप की तरफ तो कोई भालू की तरफ और कोई गेंद के खेल की तरफ। ज्यादातर लोग गेंद की तरफ ही फेंक रहे थे। एक साहब ने बिना सोचे-समझे दस का एक नोट बिना मोड़े ही गेंद के खेल की तरफ फेंक दिया। हवा के झोंके से उड़कर वह सीधे फन फैलाए गोखरा साँप की पिटारी में जा गिरा। उस्ताद ने तब तक आँख से पट्टी हटा दी थी। साहब ऊपर से चिल्ला रहे थे। मैं गोली की तरह भागकर गया और झट से साँप के पिटारे में हाथ डालकर उस नोट को निकालकर उस्ताद के हाथ

में रख दिया। उस्ताद ने 'शाबाश बेटा, जीते रहो!' कहकर मेरे सर पर हाथ फेरा। मैं हिन्दी नहीं समझता था। अपनी ज़ेब से लकड़ी के दो गेंद निकालकर इन तीन दिनों में उस खेल को जितना सीखा था, उसे करके उन्हें दिखाया। बस उस दिन के बाद से उनके आखिरी समय तक मैं साये की तरह उनके साथ लगा रहा। फिर भी मैं अभी तक हिम्मत करके लोगों के सामने आँखों से पट्टी बाँधकर खेल नहीं दिखा पाया हूँ। मगर आज वही खेल दिखाने की कोशिश करूँगा।"

बस्ती के बच्चे हारून के दरवाज़े के बाहर इन्तजार कर रहे थे। हारूनदा अपना झोला लेकर निकला। फटिक उसके पीछे। हारून बाँईं ओर मुड़ा। आठ-दस मकानों के बाद एक खाली जगह थी। उसके पीछे एक पोखर था और उसके पीछे एक कारखाने की दीवार थी। हारून दाहिनी तरफ खुली जगह पर, जहाँ थोड़ी कम गन्दगी थी, वहाँ आसन बिछाकर बैठ गया। बच्चे उसे चारों तरफ से घेरकर खड़े हो गए।

हारूनदा ने अपने झोले से काली बूटियों वाला पीला रेशमी रूमाल निकाला और फटिक को देकर कहा, "इसे अच्छी तरह मेरी आँखों पर बाँध दो।"

फटिक उसे हारून की आँखों पर बाँधकर थोड़ा पीछे हटकर भीड़ के सामने खड़ा हो गया।

आँखों पर पट्टी बँधी हालत में ही हारूनदा ने तीन बार उस्ताद को सलाम किया फिर पहले दो और फिर तीन पीतल की गेंदों से ऐसा अद्भुत खेल दिखाया कि फटिक को लगा कि अगर फिर से उसके दिमाग से सारी चीज़ें ग़ायब हो जाएँ और सिर्फ यह खेल रह जाए तो वह इसके सहारे बाकी जिन्दगी गुज़ार लेगा।

लेकिन गेंद ही अन्तिम खेल नहीं था। अब इन गेंदों को रखकर बिना पट्टी खोले हारूनदा ने झोले से तीन छुरियाँ निकालीं, जिनके आईने की

तरह चमचमाते फाल पर मकान, पेड़-पौधे, आसमान, सब कुछ दिख रहे थे। अब वे छुरियाँ हारूनदा के हाथों में नाच रही थीं। हारूनदा के सामने का आसमान, हवा आदि सब टुकड़ों में कट गए थे, लेकिन वे छुरियाँ एक बार भी आपस में नहीं टकराईं। हारूनदा के हाथों में कोई खरोंच भी नहीं आई।

बस्ती का आसमान जब तालियों की गड़गड़ाहट से गूँज रहा था, तब फटिक आगे बढ़कर हारूनदा की आँखों की पट्टी खोल नहीं सका था, क्योंकि तब उसके हाथ काँप रहे थे। हारूनदा समझ गया और हँसते हुए अपने हाथों से अपनी पट्टी खोल ली। फिर अपना सामान थैले में रखकर बोला, "आज का खेल खत्म। तुम लोग घर जाओ।"

फटिक को लगा इतना बढ़िया खेल दिखाने के बाद हारूनदा के चेहरे में जैसी सन्तुष्टि होनी चाहिए थी वैसी नहीं है। शायद उस्ताद की याद में उसका मन भारी हो गया होगा।

लेकिन ऐसा नहीं था। घर पहुँचकर हारूनदा ने फटिक को उसका कारण बताया।

"दो आदमी, समझ रहा है फटिक, दो बाहरी आदमी जिन्हें मैंने पहले कभी नहीं देखा है, दूर खड़े होकर तुझे देख रहे थे। आँखों की पट्टी खोलकर खड़े होते ही उन पर मेरी नज़र पड़ी। उनके हावभाव मुझे अच्छे नहीं लगे।"

इतना सुनते ही फटिक की धड़कन बढ़ गई। उसे सुबह के वे दो आदमी याद आए। उसने कहा, "उनमें से एक आदमी मुस्टण्डा और दूसरा पतला था क्या?"

"हाँ-हाँ, तूने भी देखा है?"

"अभी नहीं, दोपहर में देखा था।"

फटिक ने दोपहर की घटना बता दी। सुनकर हारूनदा गम्भीर हो

गया। उसने पूछा, "उसके कान के बाल औरों से ज्यादा थे?" हारून ने पूछा। फटिक को याद आया वाकई, सबसे पहले उसके कान पर ही फटिक की नज़र पड़ी थी—हाँ-हाँ, अब हारूनदा के कहने पर साफ याद आ रहा था।

हारूनदा ने दाँत भींचकर कहा, "श्यामलाल। वह शरीर से जरूर लम्बा-चौड़ा है मगर उसके दोनों पैर धनुष की तरह टेढ़े हैं। दूर से उसका पैर देखकर ही मुझे शक हुआ था। उसने अब अपनी दाढ़ी कटवा ली है। मगर कान के बाल साफ करवाना भूल गया। कुछ साल पहले मैं चितपुर की एक चाय की दुकान पर कभी-कभार जाता था, वहीं पर उसे देखा था। वे चार दोस्त थे। सब एक नम्बर के..."

हारूनदा अचानक रुककर भौंहें सिकोड़कर बोला, "तू कह रहा था न, दो व्यक्ति गाड़ी में मरे पड़े थे?"

फटिक ने सिर हिलाकर 'हाँ' कहा। हारून का चेहरा काला पड़ गया। बोला, "जिसका डर था वही हुआ रे फटिक! क्या तेरे बाप के पास बहुत पैसे हैं?"

पिता के बारे में पूछने पर फटिक के चेहरे पर कोई भाव नहीं आते थे और न उसके मन में ही। इसलिए वह चुप रहा। हारूनदा ने तख्त से उठकर पश्चिम की खिड़की से बाहर झाँककर कहा, "वह अभी भी उधर खड़ा सिगरेट पी रहा है।"

बाहर अँधेरा हो रहा था। फटिक को याद आया, उसे दुकान पर वापस लौटना होगा। वहीं, वेण्टिंग स्ट्रीट में। हारूनदा ने पहुँचा देने के लिए कहा है। लेकिन अगर उन दोनों का इरादा गड़बड़ हो तो हम दोनों मुसीबत में फँस सकते हैं।

हारूनदा फिर से तख्त पर बैठ गया। फटिक ने उसे पहले कभी इतना गम्भीर नहीं देखा था।

"मेरे घर लौटने को लेकर परेशान हो?" फटिक ने पूछा।

हारूनदा ने कहा, "बाहर जाने के लिए एक और रास्ता है। पीछे के दरवाज़े से निकलकर लाखा मिस्त्री के घर से होकर उस तरफ की गली से निकल जाएँगे, श्यामलाल को पता भी नहीं चलेगा। जहाँ तक मेरा खयाल है, उसे इस इलाके के बारे में ठीक से पता नहीं है। तेरा पीछा करते-करते यहाँ पहुँच गया है। मुझे इस बात की चिन्ता नहीं है, मगर मैं तेरे लिए परेशान हूँ।" हारूनदा थोड़ा रुका। फिर फटिक की तरफ सीधा देखकर उसने कहा, "तुझे अभी भी कुछ नहीं याद आ रहा है?"

फटिक ने सिर हिलाया—"कुछ भी नहीं हारूनदा, याद आना किसे कहते हैं, मैं यह भी नहीं जानता हूँ।"

हारूनदा घुटने पर एक चपत मारकर उठ गया। उसके बाद कमरे की बत्ती जलाकर दरवाज़े में ताला लगाकर फटिक को लेकर सामने के दरवाज़े की तरफ न जाकर दूसरी तरफ मुड़ गया।

नौ

अगले रविवार की सुबह।

बैरिस्टर शरदिन्दु सान्याल के घर की बैठक में मीटिंग चल रही थी, करीब साठ साल पुराने सम्भ्रान्त परिवार के मकान के विशाल ड्राईंगरूम में। पश्चिम की दीवार पर जिस व्यक्ति का फोटो लगा था, यह मकान उन्हीं का बनवाया हुआ था। शरदिन्दु सान्याल के स्वर्गीय पिता द्वारकानाथ सान्याल थे। पुत्र ने पिता के पेशे को ही अपनाया था, लेकिन पिता की तरह दोनों हाथों से पैसा बटोरनेवाली तकदीर उनकी नहीं थी। लोग कहते हैं, किसी समय द्वारका सान्याल की दैनिक औसत आमदनी हजार रुपये थी।

मिस्टर सान्याल का दबदबा फिलहाल पहले जैसा नहीं नजर आ रहा था। असल में इतने दिनों के बाद भी बच्चा चुरानेवालों से कोई और

चिट्ठी न मिलने के कारण वे थोड़ा परेशान थे। दुविधा में भी थे। पुत्र के प्रति चिन्ता भी बढ़ गई थी। उस समय केवल मिस्टर सान्याल और दारोगाजी ही नहीं थे—बैठक में दो व्यक्ति और भी थे। मिस्टर सान्याल के दो बेटे भी थे—मँझला बेटा और सँझला बेटा। बड़ा बेटा भी आया था लेकिन उसके लिए दो दिनों से ज्यादा रुकना सम्भव नहीं था। दिल्ली में उसकी कोई जरूरी मीटिंग थी।

मँझला बेटा सुधीन्द्र ही अभी बातें कर रहा था। वह छब्बीस साल का युवक था, गोरा रंग, आज के फैशन के मुताबिक बड़ी-बड़ी जुल्फें, आँखों में काले फ्रेम का चशमा। सुधीन्द्र कह रहा था—"मेमोरी लॉस के बहुत सारे केस विदेशी पत्रिकाओं में छपते रहते हैं पिता जी, ऐसा तो हो ही सकता है। आपको यकीन क्यों नहीं हो रहा है, मैं समझ नहीं पा रहा हूँ। आपने ऐमनीसिया के बारे में तो पढ़ा ही होगा।"

सँझला बेटा प्रीतीन खामोश था। खोए हुए भाई के साथ उसकी उम्र का फर्क ज्यादा नहीं था। शायद इसीलिए प्रीतीन दूसरों से अधिक दुःखी लग रहा था। उसने बाबलू को क्रिकेट खेलना सिखाया था। मोनोपली सिखाई थी, जरूरत पड़ने पर मैथ भी समझाया था। अभी तो कुछ दिन पहले सर्कस दिखाने ले गया था। प्रीतीन के खड़गपुर चले जाने के बाद से दो भाइयों में मुलाकात कम ही होती थी। प्रीतीन को बहुत अफसोस हो रहा था। वह सोच रहा था कि अगर वह कोलकाता में रहता तो इस तरह से बाबलू का अपहरण करना सम्भव नहीं था। उसको ऐसा क्यों लग रहा था, कहना मुश्किल था। कोलकाता में रहता तो भी उस समय भाई के साथ तो नहीं रहता। बाबलू स्कूल से लौट रहा था। घर पास होने के कारण बारिश के समय छोड़कर वह पैदल ही लौटता था। उसका दोस्त पराग उसके साथ रहता था—जिसका घर उसके घर से तीन मकान छोड़कर था। उस दिन स्कूल की छुट्टी थी लेकिन तीन दिन बाद स्कूल के मैदान में शिशु मेले का कार्यक्रम था। उसकी तैयारी में सहयोग देने के लिए कुछ लड़कों

को चुना गया था। बाबलू उन्हीं में से एक था। पराग नहीं था इसलिए उस दिन साढ़े पाँच बजे बाबलू अकेले ही घर लौट रहा था। उसी समय गुण्डे उसे नीली एम्बेसेडर कार में डालकर ले गए थे। इस घटना का गवाह भी था पोद्दार बाबू के घर का बूढ़ा चौकीदार महादेव पाण्डे।

कुछ सोचकर मिस्टर सान्याल बोले, "अगर ऐसा ही हुआ तो मेरा बेटा घर आकर किसी को पहचानेगा ही नहीं।"

"उसका भी इलाज है," सुधीन्द्र ने कहा, "लॉस्ट मेमरी लौटाई जा सकती है। आप इस बारे में डॉक्टर बोस से कनसल्ट कर सकते हैं। और अगर यहाँ इसके स्पेशलिस्ट न हों तो विदेश में तो हैं ही।"

"तो फिर?" मिस्टर सान्याल सोफे से उठकर खड़े हो गए। वे अपनी बात पूरी करते, इससे पहले ही दारोगा मिस्टर चन्द बोले, "मैं जैसा कह रहा हूँ वैसा ही कीजिए सर! इतने दिनों तक जब उन लोगों ने कुछ नहीं किया तो समझ लीजिए, आपका बेटा किसी दूसरी जगह है। और अगर वह सब कुछ भूल गया है तो वह अपने आप तो घर वापस आ नहीं पाएगा। इसलिए मैं कहता हूँ, अखबार में एक विज्ञापन दे दीजिए, साथ ही इनाम की घोषणा भी कर दीजिए। उसके बाद देखिए, क्या होता है। इसमें तो किसी का नुकसान नहीं है।"

"उन दोनों के बारे में कुछ पता चला?" मिस्टर सान्याल ने पूछा।

"लग तो रहा है दोनों कोलकाता में ही हैं।" दारोगाजी बोले, "लेकिन अभी तक पूरा पता..."

शरदिन्दु सान्याल अपने ड्रेसिंग गाउन की ज़ेबों में हाथ डालकर गहरी साँस लेकर बोले, "तो ऐसा ही करते हैं। बूलू, तू जरा कल यहाँ रुककर विज्ञापन की व्यवस्था कर दे। पिण्टू की उम्र अभी कम है, वह कर नहीं पाएगा।"

सुधीन्द्र ने सर हिलाकर सहमति जताई। प्रीतीन अपमान का घूँट पीकर तिलमिलाकर बैठा रहा।

"कितने अखबारों में विज्ञापन देने की बात आप सोच रहे हैं?"

मिस्टर सान्याल दारोगाजी से कुछ पूछते कि तभी चन्द ने कहा, "कम-से-कम पाँच अखबारों में। अँगरेजी और गुरुमुखी अखबार भी नहीं छोड़ना है, क्योंकि आपका बेटा किस गिरोह के हाथ लगा है, यह जानने का तो कोई उपाय नहीं है।"

"उसका एक फोटो भी छापना होगा।"

इस बार प्रीतीन ने कहा, "मेरे पास बाबलू की एक फोटो है। पिछले साल दार्जिलिंग में खींची थी।"

"विज्ञापन जब छपवा ही रहे हैं तो अच्छा नजर आने लायक विज्ञापन होना चाहिए। खर्चे की कोई चिन्ता नहीं है।"

दस

आज सुबह से ही फटिक बहुत उत्साहित था। आज पहली बार हारूनदा मैदान में आँखों पर पट्टी बाँधकर अपनी बाजीगरी दिखानेवाला था। उस घटना के बाद से हारूनदा नियमित उपेन बाबू की दुकान में आ रहा था। पहले एक बार आता था अब। वह कई दिनों से दोनों वक्त आ रहा था। उस दिन उसके घर से लौटते वक्त फटिक को रास्ते में कोई परेशानी नहीं हुई थी। श्यामलाल और उसके साथी ने उनका पीछा नहीं किया था।

हारूनदा कोलकाता के गली-मुहल्लों को कितनी अच्छी तरह पहचानता था, उस दिन फटिक समझ गया था। वे दोनों अगर पीछा करते भी तो हारूनदा की भूल-भुलैया से परेशान हो जाते।

हारूनदा हर बार आते ही फटिक से पूछता था। वे दोनों आदमी दुबारा

आए थे या नहीं। लेकिन वे दोनों दुबारा नहीं आए थे। दुकान के इर्द-गिर्द चक्कर काटते थे या नहीं, यह फटिक नहीं जानता था, क्योंकि रोज़ वह सुबह से रात तक दुकान में व्यस्त रहता था। दो मिनट बाहर खड़े होने का भी वक्त नहीं मिलता था। पिछले कई दिनों में वह अपने काम में और होशियार हो गया था। शुरू-शुरू में बिस्तर पर लेटने के बाद उसके दोनों हाथ सुन्न जैसे हो जाते थे, लेकिन पिछले कुछ दिनों से ऐसा नहीं हुआ था। यहाँ तक कि वह बृहस्पतिवार से रात में खाने-पीने के बाद बिस्तर पर बैठकर दो लकड़ी की गेंदों से जगलिंग की प्रैक्टिस भी करने लगा था। हारूनदा ने ही ये दो गेंदें उसे दी थीं, एक पीली, दूसरी लाल। उन्हें कैसे लपका जाता है यह भी सिखा दिया था। कहा था—"तू जो यह कला सीख रहा है यह पाँच हजार साल पहले भी मिस्र में थी। पाँच हजार साल क्या—सृष्टि के आदिकाल से ही रही है। लाख-लाख, करोड़ों वर्ष पहले।" फटिक हैरत में पड़ गया था। एक बार तो उसे लगा, हारूनदा कुछ बढ़ा-चढ़ाकर बोल रहा था। लेकिन हारूनदा ने उसे अपनी बात ठीक से समझा दी थी।

हारूनदा ने कहा था—"यह पृथ्वी—यह भी तो एक गेंद ही है और भी जितने ग्रह हैं, मंगल, बुध, गुरु, शुक्र, शनि—सब एक-एक गेंद हैं। और सब सूर्य के चारों तरफ घूम रहे हैं। और चन्द्रमा पृथ्वी के चारों तरफ घूम रहा है। लेकिन कोई किसी से नहीं टकरा रहा है। सोच सकता है? इससे बड़ी कोई जगलिंग हो सकती है? रात में आसमान में देखने से समझ जाएगा। गेंद हाथ में लेते वक्त इस बात को ध्यान में रखना।"

लेकिन उन दो व्यक्तियों के पीछा न करने के बावजूद हारूनदा के मन में एक डर समा गया था, जो आसानी से जानेवाला नहीं था। फटिक इस बात को भलीभाँति समझ रहा था। कभी-कभी फटिक को लगता था केवल डर ही नहीं उसके दिमाग में और भी कुछ है। लेकिन क्या है, यह फटिक समझ नहीं पा रहा था। कई दिनों से फटिक देख रहा था हारूनदा की आँखों की चमक अचानक गायब हो जाती थी और उदासी छा जाती थी।

हालाँकि मैदान में पहुँचने के बाद फटिक को ऐसा कुछ नहीं लग रहा था। पिछले रविवार को हारूनदा ने जहाँ अपना खेल दिखाया था, उस जगह पर आज पहले से ही बच्चों की भीड़ थी। फटिक उन बच्चों में से एक-दो बच्चों को देखते ही पहचान गया। वह चेहरे पर चेचक के दागवाला लड़का जो एक आँख से अन्धा था, वह बौना लिलीपुट जो दूर से बच्चा दिखता था, मगर करीब आते ही उसकी दाढ़ी-मूँछ देखकर लोग चौंक जाते थे, और वह लुंगी वाला लड़का जिसके दाँत हर समय बाहर निकले रहते थे, वे सभी तथा और भी लड़के हारूनदा को देखते ही तालियाँ बजाकर शोर मचाने लगे।

हारूनदा ने अपनी जगह बैठकर एक बार आसमान की ओर देखा। फटिक इसका कारण जानता था। पश्चिम के आसमान में बादल छाये हुए थे। बारिश होने से खेल का मजा बिगड़ जाएगा। हे भगवान, आज पानी न बरसे, हारूनदा आज आँखों पर पट्टी बाँधकर इन लोगों को अपना खेल दिखा दे, जिससे इन सबकी आँखें खुली की खुली रह जाएँ। आज हारूनदा अठारह रुपये बत्तीस पैसे से ज्यादा कमाई कर सके। काश, एक दो साहब-मेम भी इस भीड़ में होते तो मज़ा आ जाता। उनके अलावा यहाँ कौन पाँच के नोट फेंकनेवाला था।

दूर आसमान में बादल गरजने की आवाज़ के साथ हारूनदा ने अपना खेल शुरू कर दिया। आज ठोढ़ी पर लट्टू घुमाने का खेल दिखाने के बाद हारूनदा ने इशारे से भीड़ में से फटिक को अपने पास बुलाया। लट्टू अभी भी हारून की हथेली पर घूम रहा था। फटिक के आते ही हारून ने लट्टू को अपनी हथेली से फटिक की हथेली पर सरकाते हुए कहा, "ले, इसे पकड़।"

हथेली में गुदगुदी होते ही फटिक के पूरे बदन में बिजली कौंध गई। वह आज हारूनदा का सहायक बन गया था—हारूनदा का चेला।

हारूनदा ने एक दूसरे घूमते हुए लट्टू को दाहिने हाथ में लेकर पहलेवाले के हाथ से अपने बाएँ हाथ में ले लिया। जब तक लट्टू घूमता

रहा, तब तक लट्टू की हैरतअंगेज जगलिंग चलती रही। वह खेल खत्म होने के बाद फिर हारूनदा ने फटिक को बुलाया। हारूनदा ने झोले से बूटीदार सिल्क का रूमाल निकालकर फटिक को पकड़ाया। फटिक ने उस रूमाल को हारूनदा की आँख पर बाँध दिया। इससे भीड़ में एक हलचल मच गई। अँधेरा जरूर हो रहा था, लेकिन फटिक जानता था इससे कोई फर्क नहीं पड़नेवाला। हारूनदा की आँखों के सामने भी अब अँधेरे के सिवा कुछ नहीं था। इस खेल को दिखाने के लिए हारूनदा को रोशनी की जरूरत नहीं थी।

दो गेंदों का खेल समाप्त होते ही फटिक समझ गया था इस बार पिछले रविवार से ज्यादा पैसे मिलेंगे। उस दिन काफी नए लोग आकर इन कुछ ही मिनटों में खड़े हो गए थे ।

हारूनदा ने थैला टटोलकर उसमें से तीसरी गेंद निकाली। बादल की तेज गरज के साथ ही आँखों पर पट्टी बँधे हुए ही हारून ने अपने उस्ताद को सलाम करके गेंद आसमान की तरफ उछाल दी। गेंद के चार चक्कर लगाने के बाद पाँचवें चक्कर के समय फटिक की आँखों के सामने जो कुछ घटित हुआ, इससे तो उसके ऊपर अगर आसमान टूट पड़ा होता तो भी उसे इतनी तकलीफ न हुई होती।

ठीक हारूनदा के सर के ऊपर एक गेंद दूसरे गेंद से टकराकर जोर की आवाज़ के साथ घास पर अगल-बगल छिटककर जा गिरी।

और भी चौंकानेवाली बात यह थी कि जो लोग अब तक हारून की तारीफ कर रहे थे, तालियाँ बजा रहे थे, शाबाशी दे रहे थे, वे ही एकाएक खलनायक बन गए। उसका मज़ाक उड़ाते हुए वे हारूनदा को गालियाँ देने लगे।

वह भी लम्बे समय तक नहीं। पाँच मिनट के अन्दर सब चले गए और वह जगह खाली हो गई। इस बीच हारूनदा ने खुद ही अपनी आँखों से पट्टी हटाकर अपने खेल का सामान थैले में भर लिया था। फटिक पैसे

उठाने जा रहा था, लेकिन हारूनदा ने धमकाकर उसे रोक दिया। उसके बाद घास के ऊपर बैठे-बैठे ही एक बीड़ी सुलगा ली। फटिक उसके पास जाकर बैठ गया। अपने से कुछ बोलने की उसे हिम्मत नहीं थी, इच्छा भी नहीं थी। चौरंगी की तरफ से गाड़ियों की आवाज़ आ रही थी जो पिछली बार और अब तक सुनाई नहीं दे रही थी। दो फूँक मारकर बीड़ी को घास के ऊपर फेंककर हारूनदा बोला, "मन के साथ हाथ का ऐसा सम्पर्क है न रे फटिक—एक के उदास होने से दूसरा भी खेलना नहीं चाहता—जब तक तेरी कोई व्यवस्था नहीं हो जाती तब तक के लिए ब्लाइण्ड जगलिंग स्टाप।"

यह क्या उलटी-सीधी बातें कर रहा था हारूनदा। यहाँ पर फटिक तो बहुत आराम से था। और कैसी व्यवस्था चाहिए? हारूनदा कह रहा था—"उस दिन श्यामलाल को देखने के बाद से तेरी पूरी घटना का एक चित्र मेरे दिमाग में बन गया है। वे लोग तुझे उठाकर ले जा रहे थे। तुझे किसी जगह छुपाकर रखते, फिर तेरे पिता से मोटी रकम वसूल कर तुझे छोड़ देते। गाड़ी दुर्घटनाग्रस्त हो जाने से उनकी योजना गड़बड़ा गई। श्यामलाल और उसका एक साथी बच गया है, बाकी दोनों मर गए। उसके बाद उपेन बाबू की दुकान में तुझे देखकर उन्हें लगा हाथ से निकला हुआ शिकार दोबारा सामने आ गया है।

"उस दिन तुझे घर पहुँचाकर वापस जाने के बाद देखा, वे दोनों वहाँ ताक-झाँक कर रहे थे। रात के ग्यारह बजे तक वहीं थे, उसके बाद चले गए थे। मैंने पीछा करके उनके ठिकाने का पता लगा लिया है। पुलिस को खबर करने से वे पकड़े जाएँगे लेकिन उन्हें पकड़वाने से ही तो बात खत्म नहीं होती—मेरे लिए उचित है, तुझे भी पुलिस को सौंप दूँ।"

"नहीं, नहीं, हारूनदा!"

"जानता हूँ, तेरे मन को मैं समझता हूँ। इसीलिए कुछ कर नहीं पा रहा हूँ। और सच तो यह है कि अगर तेरा परिचय जान पाता तो बात अलग

थी। इस हालत में तुझे पुलिस को सौंपना और किसी कुत्ते को पुलिस को सौंपना एक ही बात है।"

यह सुनकर फटिक को झटका लगा। वह बोला, "सड़क का कुत्ता लकड़ी की गेंद से जगलिंग कर सकता है?"

"तू प्रैक्टिस कर रहा है?" हारून ने पहली बार उसकी तरफ देखकर थोड़ा हँसते हुए पूछा।

"कर रहा हूँ न!" फटिक का अभिमान अभी भी खत्म नहीं हुआ था।—"दिनभर के काम के बाद रात में सोने से पहले रोज एक घण्टा।" फटिक ने अपनी ज़ेब से दोनों गेंद निकालकर हारून को दिखा दीं।

"गुड!" हारून बोला, "देखता हूँ, दो दिन और देखता हूँ। इस बीच अगर कोई तेरी खोज-खबर न ले तो तुझे साथ लेकर ही जाऊँगा।"

"कहाँ?" फटिक चौंक गया। हारूनदा उसे कहीं ले जाने की बात सोच रहा था यह उसने पहली बार सुना।

"अभी तक कुछ तय नहीं किया है। कल वेंकटेश की चिट्‌ठी मिली है, उसने आने के लिए लिखा है। इस तरह जमीन से पैसा उठाना अब अच्छा नहीं लगता रे!"

"तुम्हारा यह छोटा शागिर्द कौन है?"

यह बात अचानक कानों में पड़ने से फटिक का कलेजा धक् से रह गया।

वे दोनों अँधेरे में पीछे से निकलकर सामने खड़े हो गए थे। फटिक के दाहिने कन्धे के पास इस वक्त श्यामलाल का पतलूनवाला पाँव था, वही पाँव जो थोड़ा टेढ़ा था।

अब फटिक ने देखा, उसके कान के करीब से एक चाकू निकलकर उसके और हारून के बीच में लहरा रहा था।

हारूनदा भी तिरछी नज़रों से श्यामलाल को देख रहा था।

“रोघो, ये चकतियाँ उठा ले। नन्द की दुकान की देनदारी मिट जाएगी।” यह सुनकर दूसरे आदमी ने पैसा उठाना शुरू कर दिया।

“क्या रे मेरी बात का...”

श्यामलाल अभी अपनी बात पूरी नहीं कर पाया था कि तभी फटिक ने देखा चार पीतल की गेंदों, चार छुरियों, दो बड़े-बड़े लट्टुओं सहित वह थैला जमीन से हवा में उठकर सीधे श्यामलाल की ठोढ़ी में लगा और श्यामलाल पाँच हाथ पीछे छिटककर गिर पड़ा।

“फटिक!”

हारूनदा की पुकार के साथ ही उसने अपने को उस थैले की तरह हारूनदा की बगल में लटकते हुए और आगे भागते हुए पाया। उधर शहीद मीनार की तरफ धूल-भरी आँधी चल रही थी। मैदान में घूम रहे लोग बारिश से अपने को बचाने के लिए चौरंगी की तरफ दौड़ रहे थे।

“भाग सकता है न?”

“हाँ।”

फटिक ने देखा अब उसके पैर जमीन पर टिक गए थे। हारूनदा के साथ भागकर वह टैक्सियों की तरफ जाने लगा।

“टैक्सी!”

ब्रेक मारने की आवाज़ आई। फटिक के सामने एक काले रंग की टैक्सी का दरवाज़ा खुल गया।

“सेण्ट्रल एवेन्यू चलो।”

सामने से गाड़ियों की कतार आ रही थी—कार, ट्रक, स्कूटर। हारून और फटिक दोनों ने सिर घुमाकर देखा, श्यामलाल और रघुनाथ भी आँधी के बीच उन्हीं की तरफ दौड़ रहे थे। अभी भी दिन का उजाला था, लेकिन दुकानों और सड़कों की बत्तियाँ जल गई थीं।

टैक्सी सामने खाली रास्ता पाकर भागने लगी। हारूनदा ने ड्राइवर से

कहा, "मैं ज्यादा पैसे दूँगा, जरा तेज चलिए।"

बाईं ओर मुड़कर टैक्सी हवा की गति से दौड़ने लगी। सामने चौराहा था, धर्मतला का मोड़ था। वहाँ लालबत्ती आ गई थी। मगर फटिक की टैक्सी पहुँचने तक वह हरी हो गई। टैक्सी ने मोड़ पार करके बिजली के दफ्तर को बाएँ छोड़कर सेण्ट्रल एवेन्यू की चौड़ी सड़क पकड़ ली। फटिक महसूस कर रहा था, उसके कान के पास से सनसनाती हुई तेज हवा बह रही थी।

"भाई और तेज, पीछे गड़बड़ है।"

हारूनदा की बात सुनकर फटिक ने सिर घुमाकर पीछे काँच से देखा, एक दूसरी टैक्सी की एक जोड़ी बत्ती उनका पीछा करते हुए धीरे-धीरे बढ़ी चली आ रही थी।

"हारूनदा, वे लोग हमें पकड़ न लें।"

"नहीं, नहीं पकड़ पाएँगे।" हवा के झोंके से फटिक का कान बन्द हो रहा था। पीछे वाली टैक्सी की बत्तियों की जोड़ी अब छोटी होती जा रही थी। वह अब धुँधली हो गई थी क्योंकि काँच पर बारिश की बूँदें पड़ने लगी थीं। फटिक ने सामने देखा, सामने काँच पर भी बारिश की बूँदें थीं। सामने भी गोल-गोल बत्तियों के जोड़े एक के बाद एक तेजी से टैक्सी की बगल से उलटी तरफ चले जा रहे थे। मगर यह गाड़ी नहीं बस थी। काफी बड़ी बस, राक्षस की तरह बस। ये दोनों उसकी आँखें थीं। वे बड़ी हो रही थीं, बड़ी हो रही थीं। होते-होते वह बस एकाएक ट्रक बन गया। अब आसपास कोई मकान नहीं नजर आ रहा था...कोई बत्ती भी नहीं जल रही थी, उसके बदले बस अँधेरा था। फिर जंगल। सिर्फ जंगल।

"क्या हुआ रे फटिक? लुढ़क क्यों गया? क्या हुआ?"

हारूनदा की बातें तरह-तरह की आवाजों के बीच खो गईं।

पहले गाड़ियों के टकराने का वह भयंकर शब्द हुआ, जिसके बाद उसे लगा जैसे वह ठंडी हवा में उड़ रहा है। ऐसा होने के साथ ही उसे लगा जैसे उसके कान में किसी ने ताला लगा दिया हो, और उसके बाद अचानक उसकी बारह साल तीन महीने की उम्र की सारी बातें जैसे उसे घेरकर कहने लगीं—हम आ गए हैं, जब चाहो, जिसे चाहो, चुन लेना। उन्हीं से पता चला कि उसके स्कूल का नाम निखिल और घर का नाम बाबलू है। तुम्हारे पिता का नाम है शरदिन्दु सान्याल। तुम्हारे तीन भाई हैं, एक दीदी है। दीदी का नाम छाया है। दीदी शादी करके अपने पति के साथ स्विट्जरलैण्ड चली

गई है। उन्होंने ही बताया कि तुम्हारी दादी तुम्हारे घर की पहली मंजिल के बरामदे के आखिरी छोर की बाईं तरफ के कमरे में—रात-दिन घर के मन्दिर में बैठी कुछ न कुछ खटर-पटर करती रहती है। नाक पर सोने का चश्मा चढ़ाकर इतनी मोटी पुस्तक कवि काशीराम के महाभारत के फटे पन्नों पर झुककर झूमती हुई गुनगुनाकर पढ़ती रहती है।...उस दिन छोटे दादा ने कहा। यह देख ड्राइव करते समय कलाई कितनी घूमती है। उस दिन गणित के अध्यापक मिस्टर शुक्ला ने कहा था, "स्टाप इट मनमोहन।"—मनमोहन के गोल चेहरे और गोल सिर में अक्ल इतनी कम है कि जितनी बार जतिन पेन्सिल छीलकर डेस्क पर रखता है वह पीछे से कागज़ की नली बनाकर फूँक मारकर उसे नीचे गिरा देता है। दीदी की शादी के समय की वह घटना याद करके सबसे ज्यादा हँसी आती है जब बिस्मिल्ला खाँ की शहनाई के पुराने रिकॉर्ड की सुई फँस जाने से पेंउ-पेंउ-पेंउ की धुन बार-बार बज रही थी, जिसे सुनकर शामियाने में मौजूद सब लोग खाना-पीना छोड़कर हो-हो-हो करके हँसने लगे थे। हाँ, दार्जिलिंग तो याद आएगा ही, उससे पहले पुरी, उससे पहले मसूरी, उससे पहले फिर दार्जिलिंग और उससे भी कई साल पहले बचपन में वाल्टेयर में समुद्र के किनारे पर जहाँ खड़े थे और पैरों के नीचे से बालू खिसक रही थी, कितनी गुदगुदी लग रही थी। लग रहा था जैसे भीगी हुई लाखों ठंडी-ठंडी चींटियाँ चली जा रही हैं। जैसे ही माँ ने कहा, 'गिर जाओगे बाबलू।' बस वैसे ही धप्प!...माँ की बातें ज्यादा याद नहीं हैं। अब केवल फ्रेम कराया हुआ एक फोटो ही घर में लगा है। अब घर में ज्यादा आदमी नहीं हैं। इतना बड़ा मकान और केवल तीन आदमी। छोटे चाचा तो पागल हैं। पहले घर में ही रहते थे जब उनका दिमाग ठीक था, अब पागलखाने में हैं..."

उसे फिर टैक्सी की आवाज़ सुनाई दी। बाहर सड़क पर रोशनी नजर आई। हारूनदा—हाँ! हारूनदा यहीं मौजूद है। उसने उसकी तरफ की खिड़की का शीशा खोल दिया।

"डर गया है क्या, एई फटके!" हारूनदा ने कहा।

"अब डरने की जरूरत नहीं। वे पीछा नहीं कर रहे हैं।"

उसके कानों में अपने पड़ोसी राइट साहब के एलसीशियन कुत्ते के भौंकने की आवाज़ आई। कुत्ते का नाम ड्यूक था। वह ड्यूक से नहीं डरता, वह बहुत बहादुर है। वह रात में अकेला सोता है। एक बार दार्जिलिंग में वह बर्च हिल के रास्ते पर बहुत दूर तक चला गया था—अचानक कोहरे से सब कुछ ढक गया था। उस वक्त वह अकेला था। उसे याद है वह बिल्कुल नहीं डरा था।

"तबीयत खराब है या मन उदास हो रहा है?" हारूनदा ने पूछा।

उसने इनकार में सिर हिलाया।

"तो क्या हुआ?"

उसने हारूनदा की तरफ देखा। बाहर पानी बरस रहा था। टैक्सी अभी भी दौड़ रही थी। शीशा खुला हुआ था, इसलिए धीमी आवाज़ भी सुनी जा सकती थी। उसने धीरे से कहा, "मुझे सब कुछ याद आ गया है हारूनदा!"

ग्यारह

वे दोनों अभी चितपुर की एक दुकान में बैठकर गोश्त और रोटी खा रहे थे। ऐसी जगहों पर बैठकर उसने पहले कभी नहीं खाया था। अगर हारूनदा के साथ न आया होता तो शायद कभी आता भी नहीं। हारूनदा ने इस बीच उससे सब कुछ पता कर लिया था। स्कूल लौटते समय रास्ते से किस तरह उन लोगों ने उसका जबरदस्ती अपहरण कर लिया था, उसने यह भी बताया।

"लाउडन स्ट्रीट में अपने घर का रास्ता दिखाकर ले जा सकता है?" हारूनदा ने पूछा, "उस इलाके के बारे में मेरी ज्यादा जानकारी नहीं है।"

वह हँसकर बोला, "बड़े मज़े में।"

"ठीक है।"

हारूनदा ने कुछ क्षण सोचा। उसके बाद उसने कहा, "आज इतनी रात में जाने की जरूरत नहीं है। और तेरा चेहरा-मोहरा भी थोड़ा ठीक करना होगा। अगर बाल और थोड़े लम्बे हो जाते तो अच्छा था। लेकिन कोई चारा नहीं है। कल साफ-सुथरे कपड़े पहनकर तैयार रहना। मैं सुबह-सुबह पहुँच जाऊँगा। उपेनदा को अभी कुछ कहने की जरूरत नहीं है। मैं बाद में सँभाल लूँगा।"

वह अभी भी ठीक से कुछ सोच नहीं पा रहा था। घर तो जाना ही था। वहाँ पिता जी हैं, दादी है, पुराना बूढ़ा नौकर हरीनाथ है। हरीनाथ उसका सारा काम कर देता है। उसके न चाहते हुए भी हरीनाथ कर देता है। उसे गुस्सा आता है लेकिन हरीनाथ की उम्र हो गई है, इसलिए कुछ कहता नहीं। स्कूल भी है। रामखेलावन चौकीदार है, मिस्टर शुक्ल हेडमास्टर हैं। पी.टी. सर मिस्टर दत्ता हैं। उसके क्लास के दोस्त हैं—अंजन, प्रीतम, रूसी, प्रद्योत, मनमोहन। एक बार चाँदपाल घाट से स्टीमर से बोटनिकल गार्डन में पिकनिक...

उसी समय उसे एक बात ध्यान में आई और वह हारूनदा से कहे बिना रह नहीं पाया।

"हमारे घर के भूतल में एक कमरा है। उसमें कोई नहीं रहता है हारूनदा। उसमें केवल एक खाली अलमारी और एक पुराना टेबिल पड़ा है वह सब हटा देने से उसमें तुम मजे से रह सकते हो।"

हारूनदा ने एक नज़र उसे देखा। उसके बाद रोटी का एक टुकड़ा मुँह में डालकर बोला, "मेरी बस्ती के कमरे की तरह उसे सजाने देंगे तुम्हारे पिता जी?"

अपने पिता का चेहरा याद करके उसे बहुत भरोसा तो नहीं हुआ, लेकिन इससे क्या, इनसान तो बदल भी सकता है। इसलिए उसने कहा, "क्यों नहीं, जरूर देंगे?"

"वेरी गुड!" हारूनदा ने कहा, "तो फिर कहूँगा, तेरे पिता सचमुच के कलाकार हैं, खलीफा हारूनदा की मनमर्जी को कलाकार के सिवा कोई नहीं समझ सकता।"

बारह

सब पूरा अखबार पढ़ते हैं या देखते हैं, ऐसा नहीं है। खासकर साँतरागाछी के नज़दीक एक भयानक रेल दुर्घटना की खबर अखबार के मुखपृष्ठ पर बहुत जगह लेकर छपी होने के कारण बहुतों की नज़र पीछे छपे विज्ञापन पर नहीं पड़ी। जिन्होंने देखा, सबने कहा कि बैरिस्टर शरदिन्दु सान्याल ने अपने खोए हुए बेटे को वापस पाने की उम्मीद से जितने रुपयों के इनाम की घोषणा की है वह उनके जैसे बड़े आदमी के लायक ही है। पाँच हजार रुपये कोई कम नहीं होते।

उपेन बाबू ने वह विज्ञापन नहीं देखा था। हारूनदा नियमित अखबार नहीं पढ़ता था, क्योंकि आज वह दूसरे मिज़ाज़ में था। भोर साढ़े पाँच बजे उठकर किसी तरह एक प्याली चाय पीकर वह सात बजे फटिक के पास पहुँच गया। अब शायद उसे फटिक कहना उचित नहीं था, लेकिन हारून

के लिए यही उसका नाम था। न निखिल न बाबलू; यहाँ तक कि सान्याल भी नहीं। उसके लिए उसका नाम फटिकचन्द्र पाल ही था।

हालाँकि उपेन बाबू ने एक बार पूछा था कि हारूनदा अपने साथ फटिक को कहाँ लेकर जा रहा था। हारूनदा ने कहा था—ज़रा साहबों के मुहल्ले में जा रहा हूँ उपेनदा! लौटकर पूरी बात बताऊँगा।" उपेन बाबू को पता था कि हारून के दिमाग में कभी-कभी पागलपन सवार होता था। लेकिन वह भला आदमी था, इसलिए उपेनदा ने और कुछ नहीं कहा। बल्कि केष्टो के लड़के सतू की तरफ देखते हुए कहा, "अब और खड़े-खड़े अँगड़ाई लेने की जरूरत नहीं है, काफी काम पड़ा है। हाथ-मुँह धोकर तैयार हो जा।"

तेरह

शरदिन्दु सान्याल अपने क्लर्क रजनी बाबू से बोले, "आजकल अखबार और छापे का बुरा हाल है। यह कहता है मुझे देख, तो दूसरा कहता है मुझे देख।...बाबलू की इतनी सुन्दर तसवीर कितनी खराब छापी है।"

"आपने यह अखबार देखा है सर?" कहते हुए रजनी बाबू ने एक अँग्रेजी अखबार मिस्टर सान्याल की तरफ बढ़ा दिया। इसमें बाबलू आसानी से पहचाना जा रहा था।

शरदिन्दु सान्याल के सामने अखबारों के ढेर लगे थे। रजनी बाबू से आते समय सारे अखबार लाने के लिए कह दिया गया था। ऐसे तो रजनी बाबू साढ़े आठ बजे आते हैं, लेकिन आज वह जल्दी चले आए थे क्योंकि सान्याल साहब का सोचना था कि अखबार में विज्ञापन देखते ही

आलतू-फालतू लोग पैसों के लालच में इधर-उधर के लड़कों को लाकर उनके सामने खड़ा कर देंगे। उस हालत में मामला बिगड़ न जाय इसलिए उन्होंने अपने सँझले बेटे प्रीतीन, बेयरा किशोरीलाल, रजनी बाबू के अलावा जूनियर बैरिस्टर तपन सरकार को भी सुबह-सुबह आने के लिए कह दिया था। तपन सरकार अभी तक नहीं पहुँचे थे और प्रीतीन अभी सो रहा था। वह देर रात तक इम्तहान की तैयारी में लगा था। आज ही दोपहर को उसे खड़गपुर वापस जाना था।

बाहर किसी टैक्सी के रुकने की आवाज़ सुनकर मिस्टर सान्याल कॉफी का प्याला मेज पर रखकर गहरी साँस लेकर बोले, "लो अब खेल शुरू हुआ।" मगर शुरू में ही पटाक्षेप हो जाएगा, इसे शरदिन्दु सान्याल ने सोचा भी नहीं था।

"पिता जी!"

"अरे, यह तो बाबलू की आवाज़ लगती है?"

शरदिन्दु सान्याल की नज़र बाहर पर्दा लगे दरवाज़े की तरफ चली गई और तभी बाबलू पर्दा हटाकर अन्दर आ गया।

"अरे, तू कहाँ था इतने दिनों तक? तुझे कौन ले आया? यह क्या, तेरे बालों को क्या हो गया?"

सारी बातें एक साँस में शरदिन्दु सान्याल ने पूछ लीं। फिर चैन की साँस लेकर अपनी कुर्सी पर आराम से पसर गए। जैसे इन प्रश्नों का उत्तर उनके लिए कोई अहमियत नहीं रखता था। उनका बेटा लौट आया था यही बड़ी बात थी।

दूसरे क्षण उनकी नज़र बाबलू के बगल में पर्दे के पीछे बरामदे में खड़े उस आदमी पर पड़ी। "आप अन्दर आइए!" मिस्टर सान्याल ने कहा। चाहे कोई भी हो उसे तो अन्दर बुलाना ही होगा। इनाम का सवाल जो था।

वह आदमी दरवाज़े के पास आ गया। मिस्टर सान्याल रजनी बाबू

से बोले, "चौकीदार से कह दो, अगर कोई आदमी किसी लड़के को साथ लेकर आए तो उसे अन्दर न आने दे। कह दीजिएगा मेरा बेटा घर लौट आया है।"

रजनी बाबू आदेश पालन करने चले गए। पर्दा हटाते ही रजनी बाबू ने देखा, वह आदमी दरवाज़े के सामने खड़ा था।

क्या उसे भद्र व्यक्ति कहा जा सकता था? मिस्टर सान्याल ने सोचकर तय किया कि नहीं कहा जा सकता था। उसकी कमीज़ सस्ती और गन्दी थी। उसकी चप्पलें घिसी हुई थीं। उसकी सफेद सूती पैंट पर तमाम सलवटें थीं। इस तरह के बाल और जुल्फें—नहीं, यह सब करना अब अभद्रता नहीं रह गया है, क्योंकि उनके अपने सँझले बेटे प्रीतीन के बाल और जुल्फें भी इसी तरह के थे।

"अन्दर आ जाओ।"

हारून चौखट के अन्दर आ गया।

"तुम्हारा नाम क्या है?"

"पिता जी, यह हारूनदा है, कलाकार है, बहुत अच्छा खेल दिखाता है।"

शरदिन्दु सान्याल अपने अभी-अभी घर लौटे पुत्र को खीज़-भरी नज़रों से देखकर बोले, "तुम चुप रहो बाबलू, उसे बोलने दो। बल्कि तुम ऊपर जाओ। अपनी दादी से कहो, तुम वापस आ गए हो—इन कई दिनों से वह बहुत परेशान थी। और तुम्हारे छोटे भैया भी ऊपर सो रहे हैं। जाकर उसे जगा दो।"

लेकिन बाबलू इतनी जल्दी वहाँ से जाना नहीं चाहता था। हारूनदा को छोड़कर वह कैसे जा सकता था, वह कमरे से निकलकर बरामदे में जाकर अपने पिता की नज़रों से छुपकर खड़ा हो गया। वह हारूनदा को देख रहा था, लेकिन उसके पीछे से।

शरदिन्दु सान्याल ने एक बार फिर से अपनी नज़रें उसकी ओर घुमाईं।

"अब कहो।"

"वह खड़गपुर से मेरे साथ आया है। यह चलती ट्रेन में चढ़ने की कोशिश कर रहा था। मैंने अन्दर खींच लिया। उसके बाद से मेरे साथ ही यहाँ पर था।"

"यहाँ का क्या मतलब?"

"कोलकाता के बेण्टिंग स्ट्रीट में। एक चाय की दुकान में।"

"चाय की दुकान में?" मिस्टर सान्याल की आँखें फैल गईं। "क्या करता था चाय की दुकान में?"

"काम करता था सर!"

"काम? कैसा काम?" मिस्टर सान्याल को जैसे अपने कानों पर यकीन नहीं हुआ।"

हारूनदा ने बता दिया। मिस्टर सान्याल के सर पर बाल नहीं के बराबर थे। होते तो शायद अपने बाल नोच लेते।

"यह सब क्या तमाशा है?" कुर्सी से उठंकर अँग्रेजी में जोर से बोल पड़े मिस्टर सान्याल—"यह क्या डाकुओं का राज है? उससे चाय की दुकान में काम करवाते थे? तुम्हें कोई अक्ल नहीं है? क्या इसे देखकर पहचान नहीं पाए कि यह किसी भद्र घर का लड़का है?"

बाबलू से अब नहीं रहा गया। वह बरामदे से भागकर अन्दर आ गया। उसने कहा, "वहाँ काम करना मुझे बहुत अच्छा लग रहा था।"

"तुम चुप रहो!" गरज उठे मिस्टर सान्याल—"तुमसे कहा न ऊपर जाओ।"

बाबलू दरवाज़े से बाहर चला गया। इतने दिनों बाद घर लौटने के बाद ऐसा हो सकता है, उसने सोचा भी नहीं था।

हारूनदा अब भी शान्त खड़ा था। उसने बड़े विनय से कहा, "अगर

जान पाता वह किस घर का लड़का है तो क्या उसे मैं अपने पास रखता? वह तो कुछ बता ही नहीं पाया। उसे कुछ याद ही नहीं था।"

"और आज कागज में विज्ञापन देखकर सब कुछ याद आ गया?"

मिस्टर सान्याल हारूनदा की बातों का यकीन नहीं कर रहे हैं यह उनकी बातों से साफ था। हारून उनकी बात सुनकर चकित हो गया।

"आप अखबार की क्या बात कह रहे हैं, मुझे पता नहीं सर! उसे अचानक कल रात सब कुछ याद आ गया। कल मौसम खराब होने के कारण यहाँ नहीं ला सका था। आज लाकर आपको सौंप दिया—बस अब मेरी जिम्मेदारी खत्म। लेकिन हाँ, उसके सर में एक जगह सूजन है। कभी-कभी दर्द भी होता है। अगर डॉक्टर वगैरह को दिखाना चाहें, इसलिए बता दिया।...चलता हूँ फटके।"

हारूनदा चला गया। बरामदे में खड़े होकर जब तक बाबलू पूरी बात ठीक से समझता, उसके पहले ही उसे पिता जी ने बुलाया—"बाबलू, एक बार इधर आओ।"

वह आ गया। पिता जी की मेज की ओर चला गया। शरदिन्दु सान्याल ने बेटे के सिर की ओर हाथ बढ़ाकर पूछा, "यहाँ सूजन कहाँ है, देखूँ?"

बाबलू ने दिखाया। सच में सूजन अभी तक गई नहीं थी। कहीं दर्द न हो, यह सोचकर मिस्टर सान्याल ने उस जगह को छुआ नहीं।

"बेटा, तुम्हें उधर बहुत तकलीफ उठानी पड़ी न?"

उसने सर हिलाया "नहीं, तकलीफ नहीं हुई।"

"ऊपर जाओ। हरीनाथ से कहना, वह तुम्हें गरम पानी से अच्छी तरह नहला दे। आज तुम्हारी छुट्टी है। आज डॉक्टर साहब आकर तुम्हें देख जाएँगे। अगर सब कुछ ठीक रहेगा तो कल से तुम स्कूल जाओगे। अब से गाड़ी में ही आया-जाया करना। अब जाओ।"

वह चला गया।

मिस्टर सान्याल झुँझलाकर टेबिल पर रखे अखबारों को हाथ से एक तरफ सरकाकर बोले, "चाय की दुकान! ओफ!" उसके बाद रजनी बाबू की तरफ मुड़कर बोले, "चाय की दुकान। सोच सकते हो?"

रजनी बाबू केवल एक ही बात सोच रहे थे—लेकिन यह बात अपने मालिक से नहीं कही जा सकती थी क्योंकि यह बात उन्हीं से सम्बन्धित थी। वह सोच रहे थे जो व्यक्ति बाबलू को पहुँचा गया है उसके अखबार न देखने का फायदा उठाकर मिस्टर सान्याल ने उसे पुरस्कार नहीं दिया, यह उन्होंने ठीक नहीं किया।

एक घंटे बाद मिस्टर सान्याल को दारोगा मिस्टर चन्द का एक फोन मिला।

"आपके विज्ञापन का कोई फायदा हुआ?" दारोगा साहब ने पूछा।

जवाब में मिस्टर सान्याल ने जो कुछ कहा उससे वह खुश तो हुए ही, चकित भी हुए। बोले, "आश्चर्य की बात है सर, एक समय कोई भी रास्ता नज़र नहीं आता फिर अचानक ही जादू की तरह रास्ते निकल आते हैं। आपका बेटा भी लौट आया, साथ ही उस गिरोह के दो आदमी भी गिरफ़्तार हो गए।"

"यह क्या कह रहे हैं?" मिस्टर सान्याल बोले, "यह चमत्कार कैसे सम्भव हुआ?"

"एक आदमी ने फोन में उनके डेरे का पता बता दिया था। आधा घण्टा भी नहीं हुआ है, उन्हें नींद से जगाकर गिरफ्तार कर लाए हैं। थाने में आकर उनकी नींद उड़ गई है। उन्होंने सब कुछ कबूल कर लिया है।"

बाबलू की दादी अपने पोते को पाकर, कुछ देर तक उसे सीने से लगाकर दुलार करती रहीं। उसके पीठ पर, माथे पर हाथ फेरकर दर्द वाली जगहों का दर्द बढ़ाकर फिर से अपने पूजाघर में चली गईं। गोपाल भगवान

ने ही उनके पोते को लौटा दिया था। कृष्ण भगवान पर उनकी श्रद्धा तीन गुना बढ़ गई। बाबलू ने नए सिरे से महसूस किया कि दादी के पूजा की घण्टी उसको अपने कमरे में भले ही सुनाई पड़ती हो, असल में दादी काफी दूर रहती हैं।

छोटे भैया ढाई बजे खड़गपुर के लिए रवाना हो गए थे। वे बोले थे, "यह सोचना भी मुश्किल है कि तू खड़गपुर में अपना नाम, पिता का नाम सब कुछ भूलकर सड़क पर भटक रहा था और मैं उसी शहर में एक मील के दायरे में ही मौजूद था, लेकिन मुझे कुछ पता ही नहीं चला। वे दोनों स्काउण्ड्रेल अगर हाथ आ जाते तो एक-एक कराटे का हाथ—वे अपने बाप का नाम भूल जाते...खैर तुझे होमवर्क दे रहा हूँ जो कुछ भी हुआ है अँग्रेजी में सिलसिलेवार लिखकर रखना, तू तो निबन्ध वगैरह अच्छा लिख लेता है, लिख डाल। नेक्स्ट टाइम आकर देखूँगा।"

इस घर में बाबलू को देखने के लिए नया कुछ नहीं था। सब कुछ उसका जाना-पहचाना था। एक-एक कमरा, बरामदा, सीढ़ी सब कुछ। उसके अपने कमरे की दीवार के ऊपरी हिस्से में नमी से एक नक्शा बन गया था जो ठीक अमेरिका के नक्शे की तरह लगता था। उसे लेकर बाबलू को कुतूहल था। इस बार घर वापस आकर कमरे में जाकर सबसे पहले उसने वह दाग देखा। दाग और फैलकर उत्तरी अमेरिका की तरह हो गया था।

दोपहर के साढ़े तीन बजे गोल-मटोल डॉक्टर बोस मुस्कराते हुए आए। एक बार जब उसे एक सौ चार बुखार था, उस समय भी डॉक्टर बोस के चेहरे पर मुस्कराहट थी। छोटे भैया ने एक बार कहा भी था—'उनकी मांसपेशियाँ ऐसी हैं कि अगर वे हँसना न भी चाहें तो भी वे हँसते हुए दिखते हैं।' हरीनाथ डॉक्टर साहब का बैग लेकर आया। साथ में रजनी बाबू भी थे। दादी मोटे काँच का चश्मा लगाए चौखट के बाहर खड़ी होकर पर्दे के पीछे से देख रही थीं। पिता जी अभी कोर्ट से नहीं लौटे थे। कमरे में आते

ही डॉक्टर साहब बोले, "अपनी कीमत जानते हो बाबलू, तुम्हारी तरह पाँच बाबलू हो जाएँ तो एक एम्बेसेडर कार आ जाएगी—हा:-हा:।"

बाबलू उस समय उनकी बातों का अर्थ समझ नहीं पाया था। बात उसे तब समझ में आई जब डॉक्टर साहब ने उसे देखने के बाद उसकी पीठ थपथपाकर रजनी बाबू से पूछा, "वह भाग्यवान पुरुष कौन है? पाँच हजार इज़ नाट ए ज़ोक।" और रजनी चाचा गला खँखारकर हकलाते हुए बोले, "वह ऐसा है कि उस आदमी का नाम...मतलब..." फिर वे चुप हो गए थे। डॉक्टर बोस भी प्रसंग पलटकर बोले, "वेल बाबलू—किसी दिन आकर तुमसे पूरी कहानी सुनूँगा। ठीक है न!" इतना कहकर वे चले गए। हरीनाथ और रजनी बाबू भी उनके पीछे निकल गए।

बाबलू समझ गया, पिता जी ने हारूनदा से बेईमानी की थी। आजकल वह कभी-कभार अखबार पढ़ लेता था। खेल की खबरें पढ़ता था, कहाँ कौन-सी फिल्म चल रही है देखता था, उसे पता था, अखबार में लापता लोगों की सूचनाएँ छपती हैं। उसमें लापता आदमी की फोटो छपती है, साथ में इनाम की बात भी रहती है। पिता जी ने भी ऐसा ही विज्ञापन छपवाया था क्या?

बाबलू नीचे चला गया। पिता जी के दफ्तर में अखबार रहता था। वहाँ जाकर उसने देखा, पाँच भाषाओं के दस अखबारों में सिंचल लेक के किनारे छोटे भैया की खींची हुई उसकी तस्वीर के साथ विज्ञापन छपा था—'लापता लड़का निखिल (घर का नाम बाबलू) सान्याल का पता बतानेवाले को पाँच हजार रुपये का इनाम दिया जाएगा।'

हारूनदा ने अखबार नहीं पढ़ा था, इसलिए उन्होंने रुपये नहीं माँगे। ये रुपये हारूनदा को मिलने चाहिए थे। उनके न माँगने के बावजूद मिलने चाहिए थे। पिता जी को दे देने चाहिए थे। मगर उन्होंने नहीं दिये।

बाबलू का मन इतना भारी हो गया था कि वह काफी देर तक बागीचे

में अमरूद के पेड़ के नीचे चुपचाप बैठा रहा। पिता जी ने हारूनदा को धोखा दिया था। उसे रुपये मिल जाते तो वह अपने नए खेल के लिए सामान खरीद सकता था, छोटा कमरा छोड़कर थोड़े बड़े कमरे में रह सकता था, शायद कुछ दिनों तक बेफिक्र रह सकता था। आराम से खा-पीकर, हँस-खेलकर, गा-बजाकर कुछ दिन चैन से रह सकता था।

शायद अब तक उसने अखबार में विज्ञापन देख लिया होगा और न जाने क्या सोच रहा होगा।

बाबलू बगीचे से बैठके में चला आया। उसका बैठका बहुत बड़ा था, चारों तरफ सोफे बिछे थे। टेबिल, किताबों की अलमारियाँ, मूर्तियाँ, तस्वीरें, किसी में भी ऐसी बात नहीं थी, जिसे देखकर मन प्रसन्न हो जाता। सोफे के कवर गन्दे हो गए थे। उनकी कढ़ाई पहचानी ही नहीं जा रही थी। किसी ने यह सब बदला नहीं था, इसीलिए यह हालत हुई थी। दीदी होती तो इन सब चीजों का खयाल करती, कवर बदल देती थी। अब कोई नहीं करता।

बाबलू लम्बे समय तक एक सोफे पर पलथी मारे बैठा रहा। दीवार घड़ी में टन्न-टन्न करके चार बजे। पड़ोसी का कुत्ता ड्यूक एक बार भौंका, शायद उसने बरामदे से सड़क के किसी कुत्ते को देखा होगा। हारूनदा ने उस दिन उसे सड़क का कुत्ता कहा था। ऐसा होता तो वह इससे बेहतर ही होता।

चौदह

साढ़े चार बजे चाय के लिए बाबलू को ढूँढ़ते वक्त हरीनाथ समझ गया खोका बाबू घर में नहीं है। लेकिन हरीनाथ बहुत ज्यादा परेशान नहीं हुआ, क्योंकि तीन मकानों के बाद ही बाबलू के एक दोस्त का घर था। इतने दिनों बाद घर लौटकर खोका बाबू जरूर अपने दोस्त से मिलने गया है। कुछ ही देर में लौट आएगा।

बाबलू अपने दोस्त के घर ही गया था लेकिन हरीनाथ जिस दोस्त की बात सोच रहा था उसके घर नहीं। चौकीदार की आँखों में धूल झोंककर बागीचे के पिछवाड़े की दीवार फाँदकर घर से निकलने के बाद बाबलू लाउडन स्ट्रीट, पार्क स्ट्रीट होकर लोअर सरकुलर रोड पीछे छोड़कर आखिरकार सी.आई.टी. रोड पहुँचकर लोगों से पूछते-पाछते

उस पुल तक पहुँच ही गया। फिर सीढ़ी से उतरकर दाएँ-बाएँ का हिसाब रखते हुए ट्यूवेल पर लड़कियों की भीड़ पीछे छोड़कर जब थोड़ी दूर गया ही था कि कुछ लड़कों ने उसे देखकर कहा, "हारूनदा नहीं है, वह यहाँ से चला गया है।"

बाबलू की आँखों के सामने अँधेरा छा गया।

"कहाँ चला गया?" उसने हाँफते हुए पूछा।

तब तक लुंगी पहने हुए एक बुजुर्ग एक टूटे-फूटे मकान से निकलकर बोले, "हारून को ढूँढ़ रहे हो बेटा! वह मद्रास जाने के लिए ट्रेन पकड़ने स्टेशन गया है। सर्कस कम्पनी ने उसे बुलाया है।"

हावड़ा जाने के लिए दस नम्बर की बस पकड़नी होगी, उसे यह बात बस्ती के ही कुछ लड़कों ने बता दी। वे ही रेल की पटरी पार करके उसे बस स्टॉप तक पहुँचा आए। उपेन बाबू के दिए हुए रुपये बाबलू हर समय अपनी पैंट की ज़ेब में रखता था। उसी से टिकट और प्लेटफार्म टिकट उसने खरीदे।

कहीं हारूनदा की गाड़ी तो नहीं छूट गई?

"मद्रास की गाड़ी किस प्लेटफार्म से छूटेगी?"

"सात नम्बर से बेटा, वो उधर, वो देखो नम्बर।"

एक लम्बी गाड़ी खड़ी होकर लम्बी यात्रा की तैयारी कर रही थी। बाबलू इधर-उधर देखते-देखते हाँफते हुए आगे बढ़ रहा था। थर्ड क्लास... फर्स्ट क्लास...यात्री, कुली, बक्से-बिस्तरे, पोटली सब कुछ लाँघते हुए एक जगह आकर बाबलू एकाएक रुक गया।

एक चाय की दुकान पर कुछ लोगों की भीड़ लगी थी। उनके सिर के ऊपर से तीन चाय के प्याले शून्य में उछलते दिख रहे थे। लोग शोर मचा रहे थे। तालियाँ बजा रहे थे।

गाड़ी छूटने में कुछ देर थी, इसलिए हारूनदा अपना खेल दिखा रहा था।

बाबलू भीड़ को ठेलता हुआ हारूनदा के सामने जाकर खड़ा हो गया।

"अरे यह क्या? तू यहाँ कैसे?"

तालियों की गड़गड़ाहट के कारण हारूनदा को यह बात चिल्लाकर कहनी पड़ी। उसके बाद तीनों प्याले चायवाले को लौटाकर हारूनदा ने फिर से बाबलू की तरफ देखा।

"मेरे यहाँ गया था क्या? उन्हीं लोगों ने बताया होगा मैं वहाँ नहीं हूँ।"

उसे कुछ न बोलते पाकर हारूनदा ने कहा, "उस दिन मद्रास के वेंकटेश की चिट्ठी के बारे में तुझसे कहा था न! मैंने सोचा मौका जाने नहीं देना चाहिए। वहाँ आँख पर पट्टी बाँधकर एक पहिए की साइकिल चलाते-चलाते जगलिंग करना होगा। कम-से-कम एक महीना अभ्यास के लिए चाहिए। इसलिए कुछ दिन पहले जाना ठीक है।"

वह रुपये की बात चाहकर भी कह नहीं पाया। हारूनदा को नया अवसर मिला था। शायद वहाँ ज्यादा कमा लेगा। वह खुश भी दिख रहा था। यदि रुपये की बात से हारूनदा को ठेस पहुँचे! वह दुखी हो जाए।

उसे अपने दु:ख की बात भी नहीं कहनी पड़ी क्योंकि हारून खुद ही समझ गया था।

"घर में मन नहीं लग रहा है न?"

"नहीं हारूनदा!"

"फटिक की याद सता रही है न! कह रहा होगा, उपेनदा की दुकान से स्कूल जाना नहीं पड़ता था, कितने तरह के लोग नजर आते थे, हारूनदा कितने तरह का खेल दिखाता था। कोलकाता की सड़कों पर दोनों कैसे मजे से घूमते थे—यही सब न?"

हारूनदा का कहना ठीक था। उसने सिर हिलाकर हाँ कहा। हारूनदा ने कहा, "फटिक को थोड़ा धमकाना होगा। नहीं तो वह तुझे लिखने-पढ़ने

नहीं देगा। यह कोई अच्छी बात नहीं है। मुझे कितना अफसोस होता है, तू जानता है—आगे की पढ़ाई नहीं की इसलिए!"

"फिर भी तुम कितना बढ़िया खेल दिखाते हो, तुम तो कलाकार हो।"

"कलाकार क्या ऐसे ही होते हैं? तुम्हारे घरों की तरह घर में रहकर क्या कलाकार नहीं बना जा सकता है? पढ़-लिखकर कलाकार नहीं बन सकता? क्या केवल गेंद का खेल ही कला है? गेंद का खेल, रंगों का खेल, बातों का खेल, सुरों का खेल—कितनी तरह की कला और कितने तरह के कलाकार हैं, क्या तू जानता है? जब बड़ा होगा जान जाएगा—कौन-सा खेल तुझे किस तरह से खेलना है। तब तू..."

अब वह और रुक नहीं पाया। गार्ड की सीटी बज चुकी थी। उसे अब वह बात कहनी ही होगी।

उसने हारूनदा की बातों के बीच में ही चिल्लाकर कहा, "पिता जी ने तुम्हें रुपये नहीं दिए हैं हारूनदा—पाँच हजार रुपये! उसे तुम बिना लिये ही चले जाओगे?"

हारूनदा अपने डिब्बे के पाँवदान पर चढ़कर सामने झुककर हँसते हुए बोला, "तेरा फोटो इतना खराब क्यों छपा है? देखने से भूत का बच्चा लग रहा है।"

हारूनदा जानता है, क्या उसने अखबार देख लिया था?

ट्रेन की सीटी बज गई थी। वह हारूनदा के डिब्बे के दरवाज़े की तरफ बढ़ गया। हारूनदा बोला, "अपने पिता जी से कह देना। उनका बेटा वापस देकर उनसे रुपये लेने में कोई आपत्ति नहीं थी। लेकिन भाई को बेचकर कोई रुपया नहीं लेता है।"

गाड़ी चल पड़ी। वह कुछ सोच नहीं पा रहा था। वह सुन रहा था, हारूनदा चिल्लाकर कह रहा था—"ग्रेट डायमंड सर्कस! यहाँ लगे तो देखने आना। आँखों पर पट्टी बाँधकर एक पहिये की साइकिल पर गेंद का खेल।"

"यहाँ भी लगेगा सर्कस, हारूनदा?"

वह ट्रेन के साथ-साथ दौड़ रहा था। ज्यादा देर दौड़ना मुश्किल था।

"यहाँ तो आना ही पड़ेगा। कोलकाता में सर्कस की कदर ज्यादा है। इस देश के सभी शहरों से ज्यादा।"

हारूनदा हाथ हिला रहा था।

हारूनदा दूर होता जा रहा था।

हारूनदा ओझल हो गया।

ट्रेन चली गई।

वह हरे रंग की गोल बत्ती। उसे सिगनल कहते हैं। अब बाबलू जान गया था। उसका मतलब है लाइन क्लीयर।

कमीज़ की आस्तीन से आँसू पोंछते हुए उसने घर की तरफ कदम बढ़ाए। दो लकड़ी की गेंदें अभी भी उसकी ज़ेब में पड़ी थीं।

एक और इनसान, जिसे वह खूब अच्छी तरह पहचानता है, जो उसके बहुत काम आ सकता है, वह उसको मन के एक कोने में सँभालकर रख देगा।

उसका नाम है फटिकचन्द पाल!